순 간 을 믿 어 요

순간을 믿어요

발행일	2023년 2월 15일 초판 1쇄
	2023년 2월 20일 초판 2쇄
지은이	이석원
펴낸이	정무영, 정상준
펴낸곳	(주)을유문화사
창립일	1945년 12월 1일
주소	서울시 마포구 서교동 469-48
전화	02 - 733 - 8153
팩스	02 - 732 - 9154
홈페이지	www.eulyoo.co.kr

ISBN   978-89-324-7484-7   03810

순간을 믿어요

이석원
이야기
산문집

하지만 꿈을 너무 크게 가지면
정작 나 자신이 소외될 수도 있다는 사실을
그때는 알지 못했다.

차례

1부

그는 자기가 대한민국 서울 도봉구에 찾아온 첫 번째 외계인이라고 했다. 당신이 첫 번째라고 어떻게 장담하느냐 물었더니 질문은 허용되지 않는다고 했다. 그는 무성無性의 존재였으며 지구에는 그의 인종을 분류할 체계가 없었다. 그의 피부는 엷은 푸른빛을 띠었으며 눈의 검은 동자가 다소 컸을 뿐, 다른 부분은 우리와 별다른 차이가 없었다. 그는 내게 말하길 '너는 앞으로 백 일 동안 나에게 하루 한 편씩 지구의 영화를 골라서 권해 줘야 한다. 만약 영화가 내 마음에 들지 않으면 처음엔 경고로 네가 사는 도봉구를 파괴할 것이며 그래도 답이 안 보이면 전 지구를 멸망시킬 거'라 했다. 그래서 내가 도대체 왜 그래야 하냐고 따졌더니 묻는 것은 허용되지 않는다고 아까 얘기하지 않았냐며 도리어 짜증을 내는 게 아닌가.

나중에 안 사실이지만 그가 우리 집에 온 것은 내가 무슨 팔십억 지구인의 생명을 책임질 만큼 중요한 인물이어서가 아니었다. 단지 그가 볼 때 내가 사는 집이 구에서 가장 외곽에 위치한 아파트, 그중에서도 가장 높은 층의 첫 번째 집이기 때문이었다. 그는 말했다. 네가 꼭대기 층에만 살지 않았어도 이런 어려운 임무를 맡게 되진 않았을 거라고. 물론 나는 어디서 살든 가장 높은 곳에 살아야만 하는 이유가 있는 사람이긴 했다. 내게 가장 중요한 주거의 조건은 언제나 '층간 소음 없이 조용한 집'이기 때문에.

하지만 우리 집은 엄연히 꼭대기 층이 아닌데 어째서 이 외계인은 자꾸만 내가 사는 집을 가장 높은 층이라고 말하는 것일까. 분명한 건, 내가 사는 집 위층에 그렇게나 기이한 인물이 살지만 않았어도 팔십억 인류의 생명을 책임져야 하는 황당한 짐이 내게로 올 일은 없었을 거라는 사실이다. 말이 나온 김에 그 15층 사람, 다시 말해 나를 이런 곤란한 상황에 처하게 만든 사람의 이야기를 잠깐 해야겠다.

당신이 누구든, 어디에 살든, 결코 만나 보지 못했을 종류의 사람에 대해.

몇 해 전 나는 지금 사는 15층짜리 아파트의 14층 1호로 이사 왔다. 워낙에 층간 소음에 민감한 편이라 맨 꼭대기 층을 원했으나 당시 나온 빈집 중엔 그나마 가장 높은 층이어서 선택의 여지가 없었다. 다행히 처음 몇 년간은 정말이지 사막에라도 온 듯 조용히 지냈기 때문에 난 내 머리 위에 누군가 살고 있다는 사실 자체를 의식하지 못한 채 살았다. 복에 겨운 시절이었다. 그러던 재작년 어느 날, 위층에 누가 새로 이사를 오는가 싶더니 일이 꼬이기 시작했다.

콩콩콩콩. 쿵.

발소리인지 뭔지는 잘 모르겠지만 아무튼 그건 결코 큰 소리는 아니었다. 하지만 자정 즈음이면 나기 시작하는 소리가 새벽 한 시, 두 시 어떨 땐 세 시 넘어서까지 이어졌기 때문에, 온 아파트가 잠들어 쥐 죽은 듯 고요한 때에 들려오는 그 작은 소리는 마치 내게 이렇게 속삭이는 듯했다.

너 자지 마.

넌 내가 잠들 때까지 결코 잠이 들어서는 안 돼.

*

처음에는 이삿짐을 정리하느라 그러나 보다 하며 넘겼는데, 소리가 한 달이 넘어도 계속되자 나는 슬슬 참을성이 바닥나기 시작했다. 스무 평 남짓한 아파트에서 짐 정리를 한 달 넘게 할 수는 없는 노릇이었다. 그렇다고 섣불리 남의 집엘 올라갈 수도 없고 해서 그 후로도 한 달을 더 참아 봤지만 그래도 소리가 계속되던 어느 날 밤. 난 더는 참지 못하고 위층으로 뛰쳐 올라갔다가 전혀 예상치 못한 일을 겪고 만다. 마치 누가 찾아올 것을 알고 있기라도 하듯, 그 집 문에는 이런 경고문이 커다랗게 쓰여 있었던 것이다.

'무슨 일이 있어도 절대로 초인종을 누르거나 문을 두드리지 말 것. 절대.'

아니 이게 무슨…… 난 그 뜻밖의 강경한 어조에 당황해 나도 모르게 한 걸음 물러섰는데, 그 집에는 문뿐만 아니라 벽에까지 온갖 경고의 문구들이 가득했다. '문에 전단지나 메모를 붙이지 마라. 관리실은 물론 어떤 경로를 통해서든 연락하려고 하지 마라.' 그러면서 '이를 어길 시 법적 조치' 운운까지 하고 있었으니, 이게 다 무슨 난리인지. 문제는 그게 다가 아니었다는 건데, 다음 날 아침 분기탱천한 가슴을 진정시키며 달려간 관리실에서 나는 또 한 번 황당한 말을 들어야 했으니.

1501호요? 절대로 연락하지 말라고 해서……. 아 연락하면 큰일 난다는데 어떡합니까.

도대체 이게 무슨 경우일까. 남은 잠도 못 자게 해 놓고 정작 본인들은 어떤 방해도 받지 않겠다는 게.

그렇게 된 거였다. 이 황당하고도 이해할 수 없는 일들의 시작은.

혹자는 그럴 것이다. 그 까짓것 그냥 무시하고 문 쾅쾅 두드린 뒤 이야기를 해 버리면 되지 않냐고. 층간 소음 문제는 워낙에들 자기 일처럼 흥분하는 경향이 있어 말로야 무슨 일이든 할 수 있지만, 당사자인 나는 그러기가 쉽지 않았다. 아무리 내가 피해를 봤어도 남의 집에 찾아가는 일은 심적으로 큰 부담이 되기 마련이다. 법적으로도 불리할 뿐만 아니라 트러블 자체를 싫어하는 나 같은 사람에게는 더욱 그렇다.

경찰에 문의도 해 봤지만 돌아온 답변은 그렇다면 저희가 도와드릴 수 있는 게 없을 것 같습니다, 가 다였다. 층간 소음 문제로 신고나 상담을 고려해 본 사람은 알 것이다. 이 문제에 대해 세상이, 또 국가가 해 줄 수 있는 게 얼마나 없는지를. 자기 집 문을 두드리지 못하게 하거나 연락을 받지 않는다는 이유만으로는 누굴 처벌할 수 있는 법 조항이 대한민국엔 없었다. 아마 세계 어디에도 없지 않을까? 고소나 고발 같은 걸 하려 해도 그렇다. 그걸 하려면 증거로 소리를 녹음해야 하는데, 그 집에서 밤마다 나는 소리는 무슨 공사장 소음처럼 대단한 게 아니었다. 아이들이 우다다 뛰는 것도 아니었다. 그 집에서 나는 소리는 이를테면 밤 열두 시가 넘어서 불을 끄고 잠을 자려고만 하면 기다렸다는 듯 쿵 혹은 콩콩하며 나는 그저 짧고, 작은 소리였다.

그러나 그 작은 소리는 그렇게 내 잠을 깨웠다간 다시 잦아들었다가 내가 안심하고 잠이 들려고만 하면 놀리듯 다시 나서 결국 밤을 새우게 만드는 그런 소리였다. 마치 누군가 내가 사는 곳을 들여다보고 있기라도 하듯 말이다. 어디에다 녹음이라도 해서 들려주면 몇 분간 계속되는 정적에 '아무 소리도 안 나는데 왜 그러냐'는 핀잔이나 들을 게 뻔한, 나만 미치겠는 소리. 그래 어디에도 도움을 청할 수 없고 그렇다고 개인적으로 액션을 취할 길도 상대측에 의해 봉쇄돼 버린, 그야말로 환장할 상황이었다고나 할까.

불가항력 不可抗力.

사람의 힘으로는 어찌할 수 없는 일을 말하는데
나처럼 노력하는 데엔 자신 있는 사람들일수록
이런 상황에 처했을 때 특히 고생을 하기 마련이다.

어떤 어려움이든 본인의 노력과 의지로
돌파할 수 있다고 믿기 때문에.

하지만
세상은 꼭 노력한 만큼 결과가 주어지는 곳은 아니기에
이런 이들에게 세상은 점점 '미궁'이 되어 간다.

친구들은 너도 천장을 두들겨라, 베란다에서 고기를 구워 냄새 테러를 가해라 등등 하나같이 현실성 없는 얘기들만 해 댔다. 위층에 타격을 줄 정도로 뭔가를 하려면 그게 아무 상관도 없는 다른 집에까지 피해를 줄 텐데 그 새벽에 남들 잠 다 깨우면서 그 난리를 친다? 차라리 나 혼자 속앓이를 하면 했지 그럴 수는 없는 노릇이었다.

상황은 아무것도 달라지지 않았다. 여전히, 나는 밤이면 아파트 주차장 마당에 나가 내가 사는 집 위층을 하염없이 바라보며 그 집 불이 언제쯤 꺼지나 기다리는 생활을 거듭했다. 그래야 비로소 나도 잠이 들 수 있었기 때문에. 가끔은 운 좋게 그 집에 아무도 들어오지 않는 날이 있었는데, 그러면 또 새벽에라도 귀가해 쿵쿵 소리를 내는 게 아닐까 불안해져서 나중에는 소리가 나든 안 나든 잠들 수 없는 상태가 되고 말았다. 이런 걸 의학 용어로 노이로제라고 하던가…….

그렇게, 위층 집에 인질 아닌 인질로 잡힌 신세를 영원히 벗어날 수 없을 것만 같던 어느 날. 문제의 실마리가 조금이나마 풀리기 시작한 건 위층 집이 이사 온 지 거의 반년이 다 되어서였다.

어떤 남자가, 밤이면 아파트 주차장에서 넋 빠진 사람처럼 서성이는 일이 반복되자 사람들은 나와 위층 집 사이의 일을 수군대기 시작했다. 주민들 몇몇은 주차장에 이상한 사람이 있다며 관리 사무실에 신고까지 한 모양이었다.

그러던 어느 저녁. 그날도 습관처럼 위층 불이 꺼졌는지 보러 일찍부터 아파트 마당엘 나가던 참이었는데, 경비실 초소 옆에서 한 무리의 사람들이 모여 내 이야기를 하고 있었다.

"아니, 그렇게 힘들면 그냥 올라가서 얘기를 하지."
"나 같으면 그 집이 하는 식당에라도 가 보겠다."

식당? 식당을 한다고?

사람들이 내가 쳐다보자 바로 흩어져 더 이상의 정보는 알아낼 수 없었지만 이제 적어도 한 가지 단서는 얻은 셈이었다.

식당을 하는 사람이었구나. 그래서 밤마다 음식 만드는 소리가 난 것일까?

그것은 아주 작은 정보에 불과했지만, 곧 눈덩이처럼 불어나 나를 위층 사람에게로 점점 더 가까이 이끌었다.

나는 리트리버 같은 사람.
타인에게 피해를 주거나
불편한 관계가 되느니
차라리 내가 힘들고 마는 게 낫다.

하지만
리트리버조차 화가 나면 짖거나
이빨을 드러내기도 하던데

나는 그마저도 못해
괴로워도 그저 끙끙 참기만 할 뿐.

이런 내가 답답해 보이겠지만
어딘가엔 나와 같은 사람들이
꽤 있다는 것을 안다.

오랫동안 옷을 보여 준 직원에게 미안하다는 이유로
필요도 없는 티셔츠를 산다든가
나온 음식이 주문한 내용과 달라도
항의하는 순간의 불편함이 싫어서
그냥 참고 먹는 사람들.

그들이 바로
나의 동족들이다.

다음 날 일찍, 나는 다시 한번 관리 사무실에 찾아가 그 식당이 어디인지 물었다. 남의 개인 정보를 함부로 요구하면 안 된다는 것쯤은 알고 있었으나, 그 개인이 나를 몇 달이나 잠을 자지 못하게 하고 있지 않은가.

아니 그렇잖아요. 위층에서 문을 두드리거나 연락을 하지 말라고 했지 자기 식당에 찾아오지 말라고는 안 했잖아요.

나의 이런 억지에 가까운 항변에도 관리실 측은 '아무리 그래도 다른 주민의 영업장 주소를 알려 줄 수는 없다'는 답변만 반복할 뿐. 나는 더 이상 할 수 있는 게 없다는 생각에 낙담해 사무실 한쪽 구석으로 가 소파에 털썩 주저앉았다. 알려 줄 수 없다는 얘기는 알고는 있다는 뜻이 아닌가. 대체 그 식당이 뭐길래 위층 집 사람이 어디서 뭘 하는지를 이 아파트 주민들도 알고 관리실 사람들까지 다 알고 있는 걸까. 뭔가 대단한 맛집이라도 되는 걸까? 나는 여전히 위층 집에 관한 생각의 끈을 놓지 못하고 있는데 그때였다. 어떤 직원이 내가 사무실을 나간 줄 알았는지 그만 그 집 식당 이름을 말해 버리고 만 것이다.

"방금 나간 그분, 1동 1501호 그 집에서 하는 식당 말하는 거죠? 문화 쉼터 거기."

나로선 연속되는 불행 중 그나마 가뭄의 단비 같은 행운이었다. 관리 사무실 측 누구도 일부러 남의 개인 정보를 발설하지 않았고 나 역시 불법적인 수단이 아닌 경로를 통해 원하던 정보를 얻을 수 있었으니 말이다.

물론 아무리 소음 때문에 힘이 들었다고는 해도 식당
역시 엄연히 누군가의 개인적인 공간이자 일터이기 때
문에 거길 찾는 일이 처음부터 내켰던 것은 아니었다.
그리고 솔직히 말해서 그 식당에 가는 일이 조심스러
울 수밖에 없었던 건, 그 집 대문의 그 경고성 문구를
처음 보았을 때의 섬뜩했던 기분을 잊을 수 없기 때문
이기도 했다.

말로야 황당하다, 이상한 집이다 표현하고 말았지만
실은 얼굴도 보지 못한 누군가의 그토록 신경질적이
고도 강경한 태도는 나를 위축시키기에 충분했다. 내
가 피해자고 항의해야 하는 입장임에도 불구하고 말이
다. 그래서 나는 그 문구의 주인공과 가능하면 마주치
기 싫다는 마음으로 또 얼마간을 더 버티다가 결국에
는 잠 못 자는 불편함이 그 모든 두려움과 망설임을 눌
러 이기는 지경이 되고서야 기어이 윗집 사람이 한다
는 그 문제의 식당을 찾게 되었다.

여전히, 나는 내가 사는 집 위층에 누가 몇 명이나 사
는지, 나를 이렇게나 괴롭히는 그 소음 유발자의 나이

는 몇 살이며, 성별은 무엇인지, 모습은 어떤지 아무것
도 알지 못하는 상황이었다.

글은 그 사람의 거울이다.

그래서 누군가 쓴 한 줄의 문장은 그 자신의 많은 것을 세상에 드러낸다. 성격, 기질, 지식 정도, 심지어 인간관계까지 그저 한 줄이면, 어떤 사람이든 꽤나 많은 부분을 짐작할 수 있는 것이다.

물론 짐작에 불과한 일이긴 하지만

글 한 줄로 누군가를 파악하기가 그렇게 쉬웠던 건 또 처음이었다. 그가 자기 집 대문에 직접 적은 그 한 줄의 문구만 봐도

얼마나 공격적이며 예민하고 신경질적인 사람인지 알아채는 건 그리 어려운 일이 아니었으니까.

솔직히 마주치기 싫었다. 하지만 더는 이렇게 살 수 없었다.
사람이 잠을 자야 살 것 아닌가.

이제 나는 어떻게든 그와 승부를 봐야 했다.
기어이, 불편함이 귀찮음을 눌러 이긴 어느 날의 일이었다.

2부

나 말고 다른 사람들은 죄다 알 정도로 유명한 것만 같았던 그 식당은 이상하게도 네비게이션에서 검색이 되질 않았다. 당연히 처음 듣는 곳이었고 뭘 파는 곳인지도 몰랐다. 그나마 문화 쉼터라는 이름이 특이해 어렵사리 구글을 통해 겨우 식당의 위치를 확인한 나는 곧바로 집을 나섰다.

주차장으로 내려가 차에 오른 뒤 습관처럼 라디오를 켜고 출발하니 비즈니스 컨설턴트라는 사람이 나와서 당신의 가격은 잘못됐다는 책을 소개하고 있었다. 무슨 내용인가 싶어 들어 보니 사람들이 극장에 가서 팝콘을 살 때 대형과 소형이 있으면 대부분 소형을 사지만, 그 사이에 중형을 끼워 넣고 가격을 대형에 가깝게 책정하면 대형을 더 많이 산다는 것이었다. 중간에 중형이라는 미끼를 끼워 넣음으로써 대형을 사는 것이 더 합리적인 소비인 것처럼 느껴지도록 하기 때문이라나?

그는 말했다. 우리는 많은 경우 남들한테 뭐든 간에 팔면서 살아야 하는 입장인데, 그럴 때 자신이 파는 것의 가격을 제대로 매기지 못하는 사람이 많다고 말이다. 무조건 싸게 하거나 비싸게 하는 것이 능사가 아니며 사 줄 사람의 심리를 잘 파악해야 하는데 그게 잘 안 된다고도 했다. 나 역시 오랜 세월 내가 만든 뭔가를 팔면서 살아왔지만, 예전부터 난 내가 파는 것들의 가격을 무조건 낮게만 책정하려 애써 왔다. 사람들이 안 사 줄까 봐 무서웠기 때문이었다. 물론 라디오에서 들은 대로, 가격을 무작정 낮춘다고 해서 잘 팔리는 것은 아니요, 비싸다고 안 팔리는 것은 더욱 아님을 나역시 잘 알고 있으면서도, 타인의 지갑을 열어야 한다는 부담과 공포를 여전히 이기지 못한 나는 그 컨설턴트가 말하는 가장 줏대 없고 나약한 판매자 부류에 속하는지도 몰랐다.

그래서였을까. 그 깔끔해 보이긴 하나 그저 평범하고 작은 식당 안에 들어선 순간, 나는 내가 얼마나 이상하고 또 범상치 않은 사람을 상대하고 있는지 다시 한번 깨달았다.

이건 결코 내가 이길 수 없는 싸움이란 것도.

2

집에서 차를 타고 출발한 지 한 이십 분쯤 지났을까. 어느 아파트 단지 부근에 웬 야트막한 언덕이 하나 넓게 솟아올라 있었다. 그 봉우리 같은 언덕 위에 생뚱맞게도 작은 단층 건물이 하나 있었는데 식당은 바로 그곳에 자리하고 있었다. 건물 앞 공터에 차를 대고 정사각형 구조로 반듯하게 구획이 나뉜 식당 안으로 들어서자 가장 먼저 눈에 띄는 문구가 있었으니 그건 한쪽 벽에 붙은 가격 인상 안내문이었다.

"가격을 올립니다. 특별한 이유는 없습니다."

조금 전까지 차 안에서 라디오를 들으며, 자신에 대한 가치조차 잘 매기지 못하는 나의 두려움과 나약함에 대해 곱씹으면서 이 식당에 들어선 터였다. 얼굴도 성별도 나이대도 모르는 사람에게 나 잠 좀 자게 해 달라고 사정을 하기 위해서. 물론 필요하다면 싸워서라도 나는 나의 수면권과 주거 안정의 권리를 쟁취할 작정이었다. 그러나 그가 자기 집 대문에 써 붙인 문구로 내게 안겨준 첫 번째 좌절 이후로, 나는 그가 하는 식당에서 마주친 또 하나의 해괴한 문구를 보면서, 꼭 두 번째 좌절을 맛볼 것만 같은 불길한 예감이 솟구쳐 올랐다. 장사하는 입장에서 가격을 올린다는 게 얼마나 민감하고 예민한 문제인데 저토록 되먹지 않은 글귀를 안내문이라고 써 붙여 놓은 것일까. 이런 사람을 내가 이길 수 있을까. 이토록 세상 눈치 따위 보지 않는 사람을 상대로 과연 내가 원하는 것을 얻어 낼 수 있을까.

소통疏通

문자는 억양을 전달할 수 없어서 위험하고
전화는 표정을 보여 줄 수 없어서 위험하고
만나서 하는 건 그 모든 걸 숨길 수 없어서 위험하다면

어떤 오해나 불필요한 마찰 없이
타인에게
나의 민감하고 내밀한 이야기를 전하기란
얼마나 어려운 일인지.

3

나는 도무지 자기 생각밖엔 하지 않으며 사는 듯한 위층 집 사람의 캐릭터에 또 한 번 당황했으나, 따지고 보면 남이 어떻게 장사를 하건 간에 나는 내 볼일만 보면 되는 일이었다. 내가 이 사람 때문에 잠도 못 자고 새벽 두 시에 아파트 마당에 나가 혼자 생쇼를 한 세월이 벌써 몇 달째였던가. 그렇게 생각하니 비로소 나는 낯선 곳에 와서 낯선 사람을 상대로 항의해야 하는 이 모든 껄끄러운 상황을 이길 용기가 났다. 남의 홈그라운드에 와서 하도 황당한 걸 목격하다 보니 잠시 잊었던 분노를 되찾은 덕분이었다.

그리하여 층간 소음으로 그토록 오랫동안 나를 힘들게 한 주인공을 이제 불러서 만나기만 하면 되는데, 나는 그만 또 한 번 멈칫하고 만다. 그 집의 메뉴 중에 하필이면 냉면이 있었기 때문이었다. 나는 그 황당한 가격 인상 안내문 옆에 작은 글씨로 쓰여 있던 몇몇 메뉴 중 냉면이라는 빨간 두 글자를 발견하곤 눈이 커졌다. 마치 오늘 자 방송 프로 편성표에서 좋아하는 만화 영화의 제목을 발견한 어린아이처럼 말이다. 냉면이 어쨌길래 그 중요한 순간에 그렇게 눈이 팔렸냐고?

불필요한 고백이 될지 모르겠지만 나는 냉면이라면 자다가도 벌떡 일어난다. 전국 어디든 맛있다는 냉면집이 있으면 족보 있는 유명 평양냉면이건 싸구려 분식집 냉면이건 간에 가리지 않고 달려가는 것은 물론이요, 그것만으로는 충분치 않아 집에서도 하루에 한두 그릇은 꼭 직접 만들어 먹어야만 식욕이 온전히 채워지는 지독한 냉면광이었던 것이다. 지금은 나이상 불가능한 얘기지만 불과 십 년 전만 해도 처음 가는 냉면집 맛이 괜찮으면 앉은 자리에서 혼자 서너 그릇은 비울 만큼 냉면에 대한 나의 욕심은 그렇게나 크고도 집요했다. 그런 나였던지라, 원래의 계획대로라면 그 식당에 들어서자마자 한바탕 소동을 벌여야 마땅했지만, 남의 영업집에 쳐들어가 그런 난리를 치고 나서 음식을 시켜 먹을 수는 없는 노릇 아닌가. 그래서 일단 눈 딱 감고 냉면부터 시켜 보기로 했다. 한 그릇을 다 먹을 필요도 없을 것이다. 이런 인성을 가진 사람이라면 필시 내오는 음식 역시 맛이 있을 리가 만무할 테니. 나는 음식을 만드는 사람의 인성과 그가 만드는 음식의 맛이 정비례할 거라는 과학적으로 전혀 증명된 바 없는 나의 믿음이 맞기를 바라면서, 가까운 빈자리에 앉아 메뉴판을 집어 들었다. 메뉴판은 또 얼마나 한심할까 생각하면서.

냉면을 좋아하는 이유에 대해 좀 더 길게 적어 내려가려다 말았다. 뭔가를 좋아하는 이유에 대해 말하는 것은 대개는 너무 주관적인 일이기도 하고, 무엇보다 정확한 이유를 짚어 내기가 어렵기 때문이다. 가령 나는 옷을 무척 좋아하는데 그걸 왜 좋아하는지 하나의 이유를 대면, 반드시 그에 대한 반례가 뒤따르기 마련이다. 만약 내가 치장하길 좋아해서 옷을 좋아한다고 치자. 그럼 나는 어째서 시계나 다른 장신구에는 일절 관심이 없을까, 하는 문제가 설명되지 않는 것이다. 냉면도 마찬가지다. 나는 밀가루 중독자고, 세상에 맛있는 면이 냉면만 있을 리는 없는데도, 하필 냉면만 그렇게 좋은 이유를 콕 집어서 말하기란 쉽지 않다. 정말 쉽지 않다. 분명 유독 그 음식만을 일 년에 삼백 그릇 이상 먹는 데에는 이유가 있을 텐데 말이다.

4

테이블 한편에 놓인 두껍지도 얇지도 않게 코팅된 종이판을 펼치자 아니나 다를까 한두 가지로 집중되지 못한 잡다한 메뉴들이 떡국이며 비빔밥이며 계통 없이 주루룩 나열되어 있었다. 쯧쯧쯧. 나는 메뉴판이 보여주는 이 집의 전문성의 결여를 내 눈으로 확인하면서 묘한 뿌듯함을 느꼈다. 한 번도 만나 본 적은 없지만, 그래서 추측의 추측만을 더해 온 위층 집 사람의 실체를 정확히 맞춰 가는 기분이 들었기 때문이다.

나는 이 모든 이해하기 어렵고 무례하며 폭력적으로까지 느껴지는 사태의 유발자, 즉 위층 사람이 왜 그런지 틀림없이 남자라고 추측했으며 덩치는 크고 배가 좀 나온 사람일 거라 생각했다. 예의라고는 손톱만큼도 갖고 있지 못한 무식함에 무슨 일을 하든 고집만 셀뿐, 그 결과물의 질은 전혀 보장할 수 없는 무능력하고 불성실한 사람일 거라는 편견에도 가득 차 있었다. 음식과 인성은 또 다른 차원의 문제일 텐데도, 나는 이런 사람이 만든 냉면은 틀림없이 맛이 없을 거라는 내 모든 선입견이 맞길 바랐고, 실제 그 메뉴판의 마지막 페이지를 보기 전까지 난 나의 예상이 거의 맞아떨어지고 있다고 확신했다.

그렇다. 문제는 마지막 페이지였다. 거기엔 온갖 잡
다한 메뉴들의 행렬을 지나 메뉴판 끄트머리에 별 비
중 없이 냉면 카테고리가 있었다. 물냉면 비빔냉면 회
냉면⋯⋯. 참 크지도 않은 식당에 메뉴가 많기도 하다,
나는 그렇게 한심해하며 메뉴판을 덮으려다 그 한심
한 메뉴판 맨 마지막에 숨겨진 듯 쓰여 있는 다섯 글자
를 발견하곤 내 눈을 의심하고 말았다. 그럴 리가 없어.
절대. 그러곤 덮으려던 메뉴판을 다시 펼쳐 맨 끝에 적
혀 있는 그 음식의 이름이 내가 알던 그 이름이 맞는지
를 두 눈으로 확인하고서 난 그만 까무러치는 줄 알았
다. 도대체 이 말도 안 되는 집 메뉴판에 어떻게 그 이
름이 있단 말인가. 대체 어떻게.

5

강릉에는 '즈므'라는 생소한 이름의 작은 동네가 있
다. 지금으로부터 꼭 삼십오 년 전. 그 즈므에 살던 어
떤 모녀가 저 멀리 서울 청와대 근처 어느 재래시장 한
편에 식당 자리 하나를 마련해 이사 왔는데, 이름하여
'즈므집'. 그곳은 뭐 떡볶이도 팔고 순대도 팔고 그러면
서 국밥도 파는 잡다한 메뉴를 갖춘 그저 평범한 분식
집이었다. 그런데 글쎄 이 집의 냉면 맛이 어느 정도였
냐 하면, 무슨 이름난 평양냉면 전문점도 아닌 그저 동
네 시장 안에 있는 작고 허름한 분식집 냉면을 먹기 위
해 사람들이 십 미터 이십 미터도 아닌 백 미터 이상씩
줄을 서서 먹던…… 전설의 맛집 되시겠다. 당시 중학
생이던 나는 광화문 교보문고에 즐겨 들렀는데 서점을
나서면 항상 그 집까지 걸어가 냉면 두 그릇을 먹지 않
고서는 집에 가지 않을 정도였다면 짐작이 갈까.

국물을 단 한 입만 먹어도 매워서 입안이 타들어 가는
느낌에 고통스러워 우유와 물을 번갈아 벌컥벌컥 마시
면서도 아…… 그 세상 쫄깃한 냉면 사리가 시큼한 국
물과 함께 목을 타고 넘어갈 때면 식도가 다 저릿해져
이대로 죽어도 좋다는 생각이 들게 하던 그 냉면. 우래

옥이고 을지면옥이고 간에 세상에 견줄 다른 냉면이 없던, 아니 냉면을 떠나 내가 태어나서 먹은 모든 음식 중에 가장 맛있었던, 그러나 어느 날 주인분들이 어디론가 자취를 감춰 식당이 문을 닫은 열일곱 살 이후로 다시는 맛볼 수 없었던…… 바로 그 냉면. 그 맛이 너무 그리워 내 나이 서른 살에 인터넷이란 걸 처음 하게 됐을 때도 가장 먼저 초록색 검색창에 '즈므집'이라는 세 글자를 쳐 볼 정도였던……. 그러나 그때는 물론이고 그 이후로 어떤 정보도 구할 수 없었던……. 하여 죽기 전에 한 번 맛볼 수만 있다면 오백만 원 아니 천만 원까지도 기꺼이 낼 수 있다 싶었던, 그럴 수만 있다면 여한 없이 죽을 수도 있겠다 싶던 그 그리운 다섯 글자를, 세상에! 이렇게 상상도 못 했던 곳에서 발견하게 될 줄이야.

나는 그때부터 머리가 완전히 마비되어서 만약 이 집의 냉면이 내가 찾던 그 냉면이 맞는다면, 난 진짜 층간 소음이고 뭐고 간에 한 그릇에 오만 원을 내고서라도 매일 먹으러 올 거라는 생각까지 하기에 이르렀던 것이었으니.

도대체 이 집주인은 어떤 사람일까. 어떤 사람이길래

인터넷에 그 긴 세월을 검색해도 나오지 않던 음식이, 이렇게 버젓이 이 작은 집 메뉴판에 있을 수가 있을까. 나는 내가 애초에 그 집엘 왜 찾아갔는지 완전히 잊어버리는 지경이 되어 오직 내가 찾던 그 음식이 맞기만을 애타게 바라고 있었다.

진짜 즈므집 냉면이 맞는다면 얼마나 좋을까. 내가 꿈에 그리던 그 냉면이 맞는다면⋯⋯.

6

음식은 내 외로운 영혼을 달래 주는 오랜 친구였다. 홀로 밤늦게까지 문을 연 집 근처 식당을 찾아, 간편히 조리된 소박한 냉면과 김밥 한 줄을 먹고 집으로 돌아오는 길. 편의점에 들러 사 온 요플레까지 내 방 컴퓨터 앞에 앉아 떠먹는 것으로 마무리를 하고 나면, 나의 그날 하루는 비로소 온전히 충족될 수 있었다. 외롭지 않았다. 그 어떤 결핍도 없었다. 그런 존재가, 친구가, 세상에 또 어디 있을까.

얼마 전 코로나로 일 년 넘게 먹고 싶은 것을 먹지 못해 급기야 그 떨어진 삶의 질을 견디지 못한 나머지, 스스로 목숨을 끊고 말았다는 어떤 미국 작가의 기사를 보았다. 다른 사람들은 몰라도 나만은 그의 심정을 짐작할 수 있을 것 같았다. 나 역시 2015년경, 지병이던 궤양성 대장염 때문에 물 한잔도 편히 못 마시던 형편을 비관해 극단적인 결심을 한 적이 있었으니까. 이렇게 최소한의 위안도 즐거움도 누리지 못하고 사느니 차라리 죽어 버리자는 결심을 한 적이 진짜로 있었다. 밤이 되면 빵이 너무 먹고 싶은데 먹으면 대가를 치러야 하니까 차마 먹지는 못하고 집 근처 제과점 부근을

매일 밤 두 시간씩 배회하던 어느 날에 들었던 생각이
었다.

이렇게 먹고 싶은 것도 못 먹고 사느니 그냥 죽는 게
낫겠다는 마음에.
더는 이렇게는 못 살겠다 싶은 생각에.

7

음식이 내게 그렇게나 중요하고 또 귀한 것이었기에 그날 그 식당에서 냉면 한 그릇을 시켜 놓고 초조히 나오기만을 기다리던 나의 심정은 꼭 이랬다. 헤어진 지 삼십 년 만에 비로소 재회하게 된 어릴 적 단짝 친구를 기다리는 마음과 같았다고 할까. 그는 내가 그토록 찾아 헤매던 그 친구가 맞을까.

기다림의 시간은 길었다. 그때 나는 이 모든 일이 다 인연이요 운명일지 모른다는 생각을 했다. 나는 당시 내가 하는 일에 지쳐 뭔가 다른 직업을 찾아야 한다고 나름 절박하게 생각하고 있었기 때문이다.

그게 이 냉면과 무슨 상관이 있냐고? 너무 상관이 있었다. 왜냐하면 만약 진짜로 이 냉면이 내가 죽기 전에 꼭 한번 먹어 보고픈 그 냉면이 맞는다면, 난 어떻게든 주인을 설득해 레시피를 받아 낼 작정이었기 때문이다. 그 길로 바로 하던 일을 때려치우고 이 맛있는 냉면을 보다 많은 사람이 먹게 해서 다시는 이런 귀한 음식이 세상에서 사라지는 일이 없도록 하게끔 사업을 제안해 보자고 생각하고 있었던 것이다.

어릴 적, 이 상상도 못 할 만큼 맛있는 냉면을 먹기 위해 동대문 야구장을 다 돌고도 남을 만큼 긴 줄을 서 있던 사람들이 생각났다. 세월이 오래 흐르고 어른이 되었지만, 나는 여전히 원하는 것을 얻기 위해 긴 줄 끄트머리에 겨우 한자리를 차지하고 서 있는 기분이었다. 어서 줄이 줄어들어야 식당이 문을 닫기 전에 나에게도 차례가 올 텐데, 하며 초조히 허기를 달래던 순간들.

이런저런 생각으로 지루한 기다림의 시간을 견디며 멍하니 시계를 쳐다보고 있던 그때. 영겁의 세월과도 같던 오 분여의 시간이 지난 뒤 저 멀리 주방으로부터 직원에게 건네져 마침내 내 자리로 다가오는 냉면의 모습을 보며 나는 전율했다. 그건…… 맛을 볼 필요도 없는 즈므집 냉면이었다. 그 특유의 짙은 회색 냉면 사리가 한 주먹 똬리를 튼 위에, 한 번 맛보면 절대로 잊을 수 없는 그 집 특유의 고추장 다대기가 마치 아이스크림 반 스쿱만큼 얹어진 모습만 봐도 난 대번에 이 음식이 내가 일생을 그려 온 바로 그것임을 알아보았기 때문이었다.

그렇지만
뭔가 좋다는 표현을
너무 격하게 하는 사람은
조금 경계하게 된다.

뭐든 싫어하는 마음도
그만큼 클 것 같아서.

8

그날, 내가 그 집에서 먹었던 건 냉면이 아니었다. 내가 먹은 건 내 과거였고 내 그리움이었다. 때문에 그때부터 그곳은 내게 더 이상 층간 소음 유발자가 운영하는 기분 나쁜 식당이 아니라 억만금을 줘도 이용이 불가능했던, 그러나 이제는 명백히 현실이 된 타임머신과도 같은 공간이 되어 버리고 말았다.

이 사람. 이제는 만나야 한다.

나는 층간 소음이고 나발이고 간에 이제는 그 어떤 일이 있어도 이 집 사장, 그러니까 내가 사는 집 위층에 사는 그 사람을 만나지 않으면 안 된다는 생각에 조용히 직원을 불렀다.

"저기요, 선생님."

조심스레 호출하니 한 직원이 내가 앉아 있는 테이블로 다가왔다.

"네, 뭐 필요하세요?"

"저, 혹시 여기 사장님 좀 뵐 수 있을까요?"

나는 처음에 당장이라도 가게를 어떻게 해 버리기라도 할듯 기세등등하게 이 식당엘 들어섰던 것과는 달리, 더없이 공손해진 태도로 말을 꺼냈다. 그러자 그 직원은 무슨 일로 그러시냐고 내게 되물었는데 막상 뭐라 이유를 대야 할지 몰라 머뭇거렸다. 층간 소음 때문에 남이 하는 식당에까지 찾아왔다고 하자니 뭔가 분노 조절 못하는 사이코처럼 보이는 건 아닐까 걱정도 됐고, 이제 그건 더 이상 내 첫 번째 용건도 아니게 되지 않았던가. 그렇다고 다짜고짜 직원을 붙들고 사업 제안을 할 수도 없는 노릇이어서 마른침만 삼키고 있는데 마침 곁을 지나던 다른 직원이 말하길 사장님은 가게에 잘 안 나온다는 것이었다.

왜요?

나는 의아하여 반사적으로 되물었으나 또 다른 직원에게서 들은 대답은 이 한마디가 전부였다.

낯을 많이 가리세요.

아아 그러니까, 그날 내가 그 낯선 곳엘 찾아가 그곳 직원들로부터 얻은 그 집 사장, 다시 말해 나의 위층 집 사람에 대해 얻은 정보는 무려 즈므집 냉면의 존재를 알고 있는 사람이라는 것과 낯을 몹시도 많이 가리는 사람이라는 그 두 가지가 전부였던 거다.

단정하니 차려입은 짙은 남색 유니폼에 흰 앞치마를 두른 직원들은 그 말만 남긴 채 마침 자신들을 찾는 다른 손님들을 향해 바삐 걸어갔다.

낯을 가린다…… 낯을…….

나는 황당하여 그 직원이 제공해 준 유일한 정보를 곱씹고 또 곱씹었다. 장사하는 사람이 낯을 가려서 자기가 하는 가게에도 잘 나오지 않는다는 말을 대체 어떻게 이해해야 할까. 그래서, 그 정도로 거의 병적으로 낯을 가리기 때문에 자기 집 대문도 두드리지 못하게 하고 연락도 하지 말라고 그렇게 신신당부한 것일까? 나는 또 한 번 벌어진 예상치 못한 전개에 당황하여 즈므집 냉면 한 그릇을 더 시켜 먹으려던 계획을 철회하고 가게를 나섰다. 냉면은 이제 돈만 내면 아무 때나 먹을 수 있게 되었지만 중요한 건 일단 그 사람을 만나야 하

는데, 저 직원 말대로라면 다음에 또 온다 한들 주인을
만날 수 있는 길은 요원해진 셈이라 어쩐지 마음이 급
해져 가게를 나선 것이다.

식당 주차장 코너에 세워 둔 차를 빼서 집으로 돌아가는 길. 나는 꿈에 그리던 냉면을 다시 먹을 수 있게 되었다는 흥분과 그럼에도 애초 목적이었던 윗집 사는 이를 만나기는 쉽지 않겠다는 생각에 또 생각이 많아졌다. 따지고 보면 바로 아래위층에 사는 사이니 만큼 적어도 물리적으로는 이 세상 그 누구보다도, 심지어 내 부모 형제 친구들보다도 가깝게 사는 사람이었다. 그런 이의 얼굴 한번 보기가 어찌 이토록 어려운 것일까. 어쨌든 자기 가게니만큼 분명 나오는 날이 있을 것이고, 자주 들락거리다 보면 확률적으로 한 번은 마주칠 수 있지 않을까? 난 그런 생각을 하면서, 적어도 그때까지는 일이 이렇게까지 길어지고 커지리라는 상상을 하지 못한 채 내가 사는 아파트로 돌아와 주차장 구석 빈자리에 차를 댄 후 집으로 올라갔다.

그날 저녁, 내가 즈므집 냉면을 발견했다는 소식에 흥분한 어릴 적 친구들로부터 걸려 오는 전화를 받느라, 나는 매일 어김없이 나를 괴롭히던 그 악몽의 열두 시가 다가오고 있다는 사실을 까맣게 잊고 있었다.

평생을
지고 또 지고 지겹게 져서
이제는
오직
자기 자신과의 승부밖엔
남지 않은

어느 보통 사람의 이야기.

3부

누가 내게 피해도 주고 동시에 선물도 준다면 결과적으로 그는 내게 어떤 사람일까. 은인이자 원수? 물론 어떤 피해고 어떤 선물인가에 따라 다르긴 할 것이다. 그날 밤 열두 시가 되자 콩콩콩콩 지난 육 개월간 나를 괴롭혀 왔던 그 작지만 집요한 소리는 마치 시계 알람이 울리듯 어김없이 나기 시작했고, 나는 곧 좌절했다. 내 안에서 위층 사람에 대한 기껍고 호의 어린 마음이 새로이 생겨났음에도 불구하고 소음이 주는 고통은 전과 다를 바가 없었기 때문에.

생각해 보면 층간 소음이란 녀석은 늘 그랬다. 어느 날 나를 괴롭히던 소리가 사라져 내가 사는 집 안이 비로소 사막처럼 고요해지더라도, 내가 느끼는 해방감과 행복감은 늘 아주 잠시뿐이었다. 왜냐하면 조용함은 곧 일상이 되어 무뎌지고 익숙해지곤 했기 때문에.

뭐든 당연해진다는 건 그렇게나 무서운 일이다.

하지만 일단 층간 소음이 다시 나는 날에는, 시간이 아무리 흘러도 익숙해지거나 당연한 것이 되지는 않는

다. 그게 사라지면 드는 행복감은 잠시뿐인데 그게 다시금 존재감을 드러낼 때 사람이 받는 고통은 잠시도 어디로 사라지거나 줄지를 않는 것이다. 그래서 그게 사람을 그토록 힘들게 하는 것이겠지.

다음 날도, 또 그다음 날도 자정 즈음이 되자 어김없이 나를 미치게 하는 소리는 들려왔다. 나는 평소와 똑같이 오밤중에 아파트 마당으로 뛰쳐나가 불 켜진 남의 집 창문을 처량 맞게 올려다봐야만 했다. 고작 계단 몇 개만 오르면 다다를 수 있는 곳엘 갈 수 없는 현실이 너무 기가 막혀서. 제발 잠을 좀 잤으면 좋겠는데 도무지 잠들 수 없는 이 시간들이 믿기지 않아서.

그리하여 그때부터 나는 낮이면 그 냉면집엘 가서 '그래, 이 맛이야. 다른 건 아무래도 좋아.' 하며 열광하다가, 밤이면 윗집에서 나는 소리 때문에 낮에 가졌던 그 관대함과 너그러움은 어디론가 사라져 버리고 그저 죽고 싶어지는 상태가 반복됐다.

하루도 빠짐없이, 그 어느 쪽으로도 기울어짐 없이, 고통과 쾌락은 그렇게 내게 온탕과 냉탕처럼 번갈아 다가왔다.

그래서 인간의 머리는
긍정적인 것보다 부정적인 것에 훨씬 더 크게
반응하도록 설계되어 있다고들 말하는 것인가 보다.

누가 설계했는지는 모르겠지만.

2

아쉬운 건 언제나 내 쪽이었다. 소음은 막말로 피해자인 내가 이사 가는 극악의 처방을 내려서라도 해결을볼 수 있다. 하지만 이 냉면은 지금 잡지 못하면 다시는 기회가 오지 않을 수도 있다. 사실 나는 원래 음악을 했었는데 그만 밥벌이로 혹사되어 그 일을 영영 잃어버린 적이 있다. 좋아하는 걸 일로 택하면 흔히 벌어질 수 있는 비극이었던 셈이다. 나는 그래서 지금 남은한 가지 일, 그러니까 글쓰기마저 또다시 밥벌이로 전락하기 전에 병행할 수 있는 무언가 다른 일을 마련할생각이었다. 서로 다른 종류의 두 가지 일을 하게 되면 하나만 할 때보다 소모가 덜 할 거라는 계산이었다고 할까. 소설가들이 소설을 쓰다 지치면 가끔 에세이도 쓰면서 본업에 쓸 에너지를 충전하는 것처럼 말이다. 그래서 영화를 수입하는 회사를 차리려고도 했었고, 작은 서점의 주인이 되는 일도 상상해 본 적이 있었다. 그러다 이런저런 이유로 그 모든 계획이 다 잘되지 않고 있던 터에, 운명처럼 만난 이 절호의 기회를나는 놓칠 수가 없었다. 나는 어떻게든 윗집 사람과 트러블 없이 우호적인 관계가 되어서 이 냉면을 세상에널리 알려 대가 끊기지 않도록 하고도 싶었다. 그렇지만, 그 모든 게 가능해지려면 일단 그를 만나야 하는데 도무지 방법이 없었다.

만나기는커녕 소음 때문에 괴로워 뛰쳐 올라가고 싶어도 행여 심기라도 거스를까 참아야 하는 지경이었으니까. 만약 그랬다가 동업은커녕 그 식당에도 못 가게 되진 않을까 나는 노심초사 했다. 어째서인지 그 집에는 우편물 한 장 날아오지 않는 것 같았다. 우리 아파트의 우편함은 손을 넣는 구멍이 워낙 크게 뚫려 있어 각종 고지서와 광고 전단지 같은 것들의 끄트머리가 우편함 바깥으로 삐죽 나와 있기 마련이었는데, 1501호만큼은 일절 그런 게 없었다. 월말이면 일괄적으로 모든 집에 꽂히는 관리비 통지서조차 그 집 우편함에는 들어 있지 않은 것 같았다. 관리실과 우체국에 요청해서 어떤 우편물도 받질 않는 것일까? 그렇다고 해도 어떻게 흔한 동네 치킨집 전단지 한 장 없을 수가 있는 거지?

한번은 내가 하도 답답해하니 친구가 15층 로비에 있는 시시 티브이를 보라고 말해 준 적이 있었다. 거기 엘리베이터에서 내린 사람들 중에 방향을 1호 쪽, 그러니까 오른편으로 트는 사람들만 추려도 후보자가 상당히 좁혀지지 않겠냐는 얘기였다. 하지만 관리 사무실 측에서 그런 걸 보여 줄 리도 만무하거니와 우리 아파트는 오래돼서 그런지 1층 현관 말고는 시시 티브이가 없다. 혹 그거라도 볼 수 있다 한들 우리 동에만 백여 세대가 모여 사는데, 1층 엘리베이터에서 쏟아져 내리는 수많은 사람 중에 누가 15층 1호에서 나온 사람인지 알 수 있단 말인가. 어차피 소용없는 아이디어였던 것이다.

이렇게 하고 저렇게 해 봐도 도무지 수가 없었다. 도대체 누군데 그렇게 예민하고 철저하리만치 자신을 숨기며 사는지, 어떻게 남이 수십 년 넘게 찾아 헤매던 음식의 존재를 알고 있는 건지, 최소한 성별이나 나이대라도 알고 싶었는데⋯⋯. 모습이라도 보면 내 구애가 먹힐 사람인지 씨알도 먹히지 않을 사람인지 대충 파악할 수 있을 것만 같은데.

친구가 해결책이랍시고 시시 티브이 이야기를 하던 그날 밤에도, 다른 집에는 다 꽂혀 있는 관리비 통지서의 행렬이 유독 단 한 집에서만 멈춰 서 있는 모습에 어쩐지 기이함을 느끼며 가슴을 쓸어내리던 날에도, 밤 열두 시가 넘으면 어김없이 소리는 들려왔다.

콩콩콩콩. 쿵.

어디 가서 녹음해 들려주지도 못할 만큼 작은 소리. 하지만 마치 내가 사는 곳을 들여다보고 있기라도 하듯, 내가 잠들려고만 하면 정확히 쿵 하고 제법 묵직한 소리를 냈다간 다시 한동안 정적에 휩싸이곤 했던 윗집. 거기 사는 사람.

그날 밤 나는 이 싸움이 결코 짧은 시간 안에 끝나지 않을 것을 알았고, 그러자 내 안에서 잠자고 있던 어떤 투쟁 본능 같은 게 꿈틀거리는 것을 느꼈다. 나도 똘끼라면 어디 가서 밀리지 않는 인간이지 않은가.

'나는 이 싸움에서 이겨서 당신을 만날 거야. 그래서 꼭 꿈에 그리던 냉면을 내 손으로 팔 거야.'

나는 그렇게 다짐하며 평소처럼 잠들 만하면 위층에서 들려오는 소리에 시달리다가 새벽 세 시가 넘어서야 겨우 선잠이 들었다.

콩콩콩콩 쿵. 콩콩콩콩 쿵.

그날따라 윗집에선 마치, 그 모든 내 결심을 비웃기라

도 하듯 다른 날보다 더욱 길고 집요하게 소리가 났다.

3

위층 집 사람을 만나기 위해 상상하고 또 할 수 있는 모든 방법이 봉쇄된 이후 나는 긴 싸움을 위한 준비에 들어갔다. 나는 도저히 더는 그 층간 소음을 견딜 수 없었기 때문에 일단 지금 사는 집 바로 앞 동에 평수가 작은 아파트를 월세로 구해서 그곳을 또 하나의 거처로 정했다. 그곳으로 아예 이사를 가 버리지 못한 이유는 그 집에서는 또 어떤 소음이 날지 모르기 때문이었다. 그 집 역시 꼭대기 층은 아니었기 때문에.

오해 마시라. 졸지에 집을 두 채나 굴리게 되었지만, 이것은 돈이 많은 자의 여유가 아니라 살기 위한 불가피한 조처였다. 나는 집에서 일을 해 먹고 사는 사람인데 집이 지옥이 되어 버렸으니 무슨 일을 하겠는가. 사람이 층간 소음에 시달리면 이른바 귀가 트이기 때문에, 그때부터는 아무것도 아닌 작은 소음에도 스트레스를 받고 그러다 보면 잠만 못 자는 게 아니라 집에 있는 자체가 고통이 된다. 밖에 있다가 집에 들어갈 때가 되면 우울해지고 오늘은 또 어떤 소리에 시달릴까 종일 걱정을 하게 되니 그야말로 지옥이 따로 없는 것. 때문에 나는 새집을 구하느라 대출을 받는 한이 있더라도 더 이상 그 악몽 같은 환경에 나를 놔둘 수가 없었다.

하여 그렇게, 일단은 생활의 안정을 꾀한 다음 나는 어떻게든 그와 만날 확률을 높이기 위해 그 식당에 최대한 자주 드나드는 방법을 택했다. 처음엔 남의 영업집에 뭘 따지러 간 입장이다 보니 경황도 없고 해서 잘 알아차리지 못했는데, 여러 번 드나들며 공간이 눈에 익다 보니 하나둘 안 보이던 것들이 보였다.

무엇보다 그 집은 단순히 이익만을 추구하는 영업장이 아니었다. 저녁에는 부모가 바쁜 집의 아이들을 돌봐주기도 하고 평일 밤이나 주말이면 각종 음악과 영화 감상회를 여는 등 동네 사랑방이자 지역의 문화적 거점 역할을 하는 곳이라고 해야 할까. 활동도 다양해서 자발적인 참여자들을 모아 주변 길냥이들과 유기 동물들을 위한 봉사 활동도 하는 것 같았고 그러한 내용들이 지역 신문에도 종종 실리는 모양이었다.

*

이래서 그 식당의 존재를 우리 아파트 사람들까지 알

았던 거구나. 나는 사람들이 대체 위층 사람이 어디서 뭘 하는지를 어떻게 알고 있나 궁금했었는데 그제야 의문이 풀리는 기분이었다. 위층 사람이 의도와는 달리 그렇게 소문의 주인공이 된 데에는 본인의 행적 탓이 컸던 것이다.

생각을 해 보라. 그는 아무도 자길 방해하지 않길 바랐으나 정작 하는 행동은 남의 시선을 끌기에 충분했다. 나중에 알게 된 사실이지만 그는 관리 사무실에 찾아가 자기를 찾아오거나 연락하는 일이 그 어떤 경우에도 없어야 한다면서, 그 대가로 2년 치 예상 관리비를 150퍼센트나 선납하고 갔다고 한다. 뿐만 아니다. 심지어 단지 내 노인정 보수를 위한 후원금까지 적지 않게 내고 갔다고 하니, 그렇게 자신을 감추고 싶어 하면서 하는 행동들은 이렇게 튀는데 소문이 안 날 수가 있을까? 사람들이 남의 비밀을 지켜 주는 일에 얼마나 관심이 없는데 말이다.

*

그런데 내가 위층 사람에 대해 그간 모은 이런저런 정보들을 전하자 애초 내 사연을 잘 알고 있던 친구들은 돌연 태도를 바꾸기 시작했다.

석원아, 나 그 사람 좀 무섭다. 너보다도 더 예민하고 훨씬 더 치밀한 사람 같아. 난 처음에 니 얘기 듣고 그 위층 집 사람이 또 한 명의 너 같다고 생각했는데 아니었어. 너보다 더한 사람이고 너 그 사람 절대 못 이긴다. 그러니까 포기하고 이사해. 냉면이고 뭐고 더 이상 그 근처에서 얼쩡거리지 말고 이사 가라고.

그렇게 처음엔 찾아가라고, 가서 난리 치라고 성화하던 친구들은 이제 그와 맞닥뜨리지 말라며 내게 이사를 종용하고 있었지만 내 생각은 달랐다.

그렇게 자신을 꼭꼭 숨기려고만 드니 결국엔 시선을 받지 않는가. 자신을 너무 심하게 감추려 드는 사람은 오히려 더 주목을 받게 되는 법. 치밀해 보이는 그에게도 허점은 있었던 것이다.

도무지 의례적인 말밖엔 하지 못하는 친구가
끊임없이 충고를 하려고 드는데
그래도 친구를 돕겠다는 선의에서 비롯된 말들이라
뭐라 하지도 못하고
나를 생각하는 녀석의 마음이
촌스럽지만 어여쁜 장미 같아서
미워할 수 없어 더 괴로웠다.

4

충간 소음을 유발해 남의 생활을 엉망으로 만들어 놓은 사람이 그렇게나 이타적인 활동을 한다는 것에 대해 어떻게 생각하는가? 사실 자기 주변에는 무슨 피해를 주는지 살피지 않으면서, 먼 곳의 불행에는 큰 관심을 보이는 그런 종류의 사람들을 우리는 주위에서 흔히 볼 수 있다. 인간이란 본래 그렇게 모순으로 점철된 존재이기 때문에 그럴 것이다. 물론, 이제 내게 그 사람은 더 이상 항의의 대상이 아니라 장차 사업을 같이 할 동업자로서 더 큰 의미를 갖게 되었기 때문에, 그의 사람 됨됨이에 대해서는 큰 관심을 두지 않았다. 나는 그저 그 사람을 만나야 했고 그래서 내 목적을 이루는 게 더 중요했으니까.

그러려면 더 많은 정보와 확률이 필요했고 또 신뢰도 쌓아야 하는 입장이었기 때문에 단순히 손님으로서 그곳에 드나드는 것보다는 그 식당에서 하는 모임에도 가입하고 봉사 활동에도 참여한다면 상황은 좀 더 유리해지리라 판단했다. 내가 두각을 나타내면 낼수록 이 모든 일을 기획하고 주관하는 사람의 눈에 들 확률도 높아질 수밖엔 없을 테니까.

그리하여 나는 애초의 동기였던 층간 소음 문제는 해결도 안 난 상태에서 팔자에도 없는 웬 냉면집에서 나름의 활동을 하기 시작했다. 영화 감상 모임에 가입해 낯선 이들과 함께 영화를 보고, 우리 동네에서도 가끔만 하던 동네 길냥이들 끼니 챙겨 주는 일을 하러 나섰던 것이다. 처음에 나는 그곳의 '모두가 가족'이라는 일종의 공동체적 분위기에 적응하기가 성격상 너무나 힘들었지만, 어떻게든 주인을 만나야 한다는 일념으로 자기소개 등의 난관을 견디며 버텼다. 그러다 보니 나중엔 직원들하고도 친해져서 손이 부족할 땐 값을 치르고 나가려는 손님들의 계산까지 맡는 지경이 되었던 것이었으니…….

너 등신이냐? 니가 왜 거기 가서 카운터를 보고 있어?

위층 사람에게 복수를 종용하던 친구들 중 몇몇은 그런 나를 비웃고 놀렸다. 원수네 가게에 가서 일을 도와주고 있는 속 없는 인간이라고도 했다.

그래 비웃어라. 너희들은 나한테 그 냉면이 어떤 의미

인지 몰라서 그러지. 지금 그게 내게 얼마나 절박한 꿈인지를.

나는 친구들이 위층 집 사람이자 그 식당의 주인을 오로지 나의 적으로만 간주하는 태도가 답답했다.

존재란, 또 관계란 얼마든지 여러 가지 모습일 수 있는 건데. 누구든 원수도 됐다가 저 사람 없으면 못살겠을 만큼 은인이 될 수도 있는 건데.

"싫어하는 사람에게도 예의를 좀 갖추세요.
나는 그게 당신의 가장 프로답지 못한 면이라고 생각해요."

5

나는 친구들의 조소를 참아 가며 그 식당엘 점점 더 자주 드나들었다. 그러다 보니 나는 그곳에서 정작 만나야 할 주인은 만나지도 못한 상황에서 나름 친구도 사귀고 생각도 못한 인연을 맺기도 했는데, 그것은 내가 전혀 예상하지도 의도한 적도 없는 일이었다. 업계에서 제일 규모가 큰 서적 도매상들과 대형 오프라인 서점이 연일 문을 닫는 상황에서, 나는 글 쓰는 일이 아닌 다른 일자리가 점점 더 절박하게 필요해졌다. 그래서 하루라도 빨리 이 집 냉면으로 승부를 봐야만 하는 처지인데, 이 냉면이야말로 나를 새 삶으로 인도해 줄 최고의 카드고 그래서 나는 지금 누구랑 썸 같은 걸 탈 처지가 아닌데……

홀씨가 세상을 훨훨 날아다니다 어딘가에 떨어져 풀 한 포기 없는 암벽 틈 사이에서마저 기어이 파란 싹을 틔우듯, 그 혼란스럽고 정신없는 와중에 기어이 누군가 내 앞에 나타나고 말았으니, 물론 그 사람은 내게 그리 큰 관심이 있는 것 같지는 않았지만 말이다.

홀씨처럼 둥둥 떠다니다
예기치 못한 곳에 불시착해 피어나는 것.
누군가 물을 주고 돌봐 주지 않아도
기어이 꽃이 되고 나무가 되어
그렇게 뿌리내려 가는 것.

마음.

6

나는 그 식당, 아니 지역공동체적인 문화 공간에서 가장 열성적인 회원이었다. (비록 목적은 숨기고 있었지만) 영화면 영화 봉사면 봉사 늘 가장 적극적으로 참여했고, 사람들로부터 얻는 평판도 나쁘지 않았다. 그래서 나는 계획대로 주인을 만나게 됐을까? 상황은 내 예상과는 다르게 흘러갔다. 주인은 요지부동으로 모습을 나타내지 않았고 대신 엉뚱하게도 다른 여러 사람이 나를 반겼다. 심지어 내게 히어로물에 해박하다면서 영화 모임 내의 마블 소모임 회장 자리를 권하는 사람도 있었다. 당연한 얘기지만 그것은 내가 전혀 원하는 바가 아니었다. 뜬금없이 남의 동네에 가서 그런 감투 쓰고 싶은 마음도 없었고, 나도 위층 사람 만큼은 아니지만 낯선 사람들과 어울리는 걸 힘들어하는 편이기 때문에 그들과 어울려야 하는 일들이 내겐 곤혹이었다. 그저 꼭 만나야 할 사람이 있고 그 사람에게 다가가려면 그 모든 곤란함을 감수해야만 했으므로 참았을 뿐. 그런데 다가오는 건 엉뚱한 사람들뿐이니 난감하지 않을 수가 있을까.

그러던 어느 날, 전에 이 동네 살던 사람이라면서 한 여성이 주말 영화 모임에 나왔는데 키가 무척 컸다. 내 키가 173.2587센티인데 나보다도 이삼 센티는 더 커 보였으니까 모르긴 몰라도 175는 넘는 것 같았다. 안 그래도 별명이 기린이라던 그 사람은 성격이 무척 밝고 사교적이어서 모임이 있을 때면 늘 사람들 사이를 휘젓고 다니다시피 했다. 처음에는 그냥 되게 밝은 사람인가 보다 하는 정도의 느낌만 있었다. 아무한테나 스스럼없이 말을 걸 수 있다는 게 나로선 신기할 따름이었으니까. 그런데 언제부턴가 주말 모임에 가면 난 왜 그런지 그 기린같이 큰 사람이 왔는지 안 왔는지 살피고 있었다. 왜 그랬는지는 모르겠다. 사람과 사람이 특별한 연으로 맺어지려면 뭔가 통하는 게 있어야 하는 법인데, 그 사람과 나는 접점이 너무 없었다. 내 보기에 그 사람은 그저 사람들과 어울리는 게 좋은 거지 영화에는 별 관심이 없어 보였다. 영화를 보고 소감을 말하는 시간만 되면 그 활발하던 사람이 갑자기 말이 없어지곤 했으니까. 언젠가 〈마녀 배달부 키키〉라는 애니메이션을 보고 나서도 그랬다. 많은 사람이 주거니 받거니 작품에 관한 이야기를 나누는데, 그만이 유독 입을 닫고 있는 게 아닌가.

좋은 작품인데, 별 감흥이 없는 걸까.

*

그날 이후 나는 그렇게 생각했다. 잠시나마 눈길이 가는 사람이긴 했지만, 문화적인 취향이 다르니 뭔가를 나눌 수 있는 사이가 되긴 어렵겠다고. 나는 또 떡 줄 사람은 생각도 않는데 혼자 되지도 않는 김칫국을 마시고 있었다. 그렇지만 뭐, 생각은 해 볼 수 있지 않은가. 생각은 자유니까.

그러나 생각을 하면 할수록 여러 가지 면에서 우리는 연결될 가능성이 희박했다. 무엇보다 치명적이었던 건 그녀가 냉면을 먹지 못한다는 사실이었다. 냉면을 무슨 맛으로 먹는지 모르는 사람이 많다는 건 알고 있었지만 그게 하필 이 사람일 줄이야. 나는 지금 바로 그 냉면 때문에 이 모든 고생을 하고 있는데.

우리 사이의 우연과 운명은 그렇게 서로가 연결되지 못하게끔 역으로 작동을 거듭하고 있었다. 사람과 사람이 만나는 데 문화와 음식에 대한 취향이 다르면 더 무엇을 가지고 기대할 수 있을까.

언젠가 내가 운영하는 블로그에
사람과 사람이 만나는 데 있어서
가장 중요한 게 뭐라고 생각하느냐 물었더니
정말 많은 사람이
취향과 식습관의 유사성 외에도
'유머'라는 답변을 내놓더라.

누군가의 호감을 사는 데 있어서
그게 그렇게 중요한 요소일 줄이야.

남을 웃기는 일이라면
어딜 가도 빠지지 않는 편인 나는
그렇다면
어째서 이토록 외롭게 살아왔던 것일까.

7

아마 그즈음이었을 것이다. 어느 날 전국 규모로 큰 한 서점의 부도 소식이 또다시 뉴스란을 장식했다. 그만 큼 출판계의 상황이 좋지 않단 증거였다. 사람들은 넷플릭스 등 더 많은 재미있는 것들을 보느라 그런지 안 그래도 외면하던 책을 더욱 보지 않았고, 그나마 남은 독자들도 기업화된 중고 서점들이 모조리 빨아들이고 있었다. 중고 책은 백만 권이 팔려도 작가와 출판사에겐 단 일 원도 돌아가지 않는다. 이래저래 더 큰 위기감에 사로잡힌 나는, 급기야 냉면 파는 일을 서두르고자 식당의 매니저를 찾아 면담을 했지만 결과는 좋지 않았다. 실은 암만암만해서 이 집 냉면에 큰 애정을 갖고 있는데 이 작은 동네 외진 곳에서 썩히기엔 아까운 메뉴라고 생각한다. 그러니 사장님만 괜찮으시다면 동업을 해서 다른 곳에다 가게를 내고 싶은데, 어떻게 좀 그분을 뵐 수 없겠냐······.

나는 나름의 진정성을 담아 매니저의 마음을 움직이면 실낱같은 기회를 잡을 수 있을지도 모른다고 생각했지만 그분의 반응은 실망스러웠다. 이미 이 식당에 와서 이 별천지 같은 냉면 맛을 보곤 전국 체인으로 사업을 확장하자며 큰돈을 제안한 사람이 많았다고 했다. 충분히 가능한 일이었고, 그러니 나같이 돈도 별로 없는 일개 개인의 제안이 누구한테든 성에 찰 리 없었다.

매니저님은 말했다. 지금까지 그런 제안을 해 온 사람이 당신 말고도 많았지만, 사장님은 돈을 벌려고 이 식당을 하시는 게 아니기 때문에 응한 적이 없으시고 앞으로도 그러실 거라고 말이다. 그 순간, 나는 마치 십 년간 준비해 온 어떤 큰 시험의 결과가 순식간에 낙방으로 주어지는 기분이 들었지만 그렇다고 포기할 수는 없었다. 내겐 꼭 돈 때문이 아니라 이 냉면에 얽힌 나만의 사연이 있지 않은가. 나는 그분의 단호한 반응에도 굴하지 않고 다시 말했다.

매니저님 제 말 좀 들어 보시라. 여기 이 집의 냉면은 한 사람이 삼십 년이나 찾아 헤맨 꿈의 음식이다. 꿈에 그리다 죽기 전에 한 그릇만 먹어 보면 원이 없겠다던 음식이다. 그런 내가 하는 제안을 다른 사람들이 하는 그저 돈벌이로만 접근하는 단순한 사업 제안과 같은 선상에 놓을 수는 없는 것 아닌가 어쩌고 하면서.

하지만 그건 어디까지나 내 생각일 뿐 상대는 요지부

동이었다. 오히려 나는 숨겨 온 속내를 털어놓은 대가로 그곳에서 지금까지 보낸 시간의 순수성을 의심받는 지경에 이르렀다. 목적이 따로 있는데 누군가 내게 성의를 보이고 자주 얼굴을 비친다면 나라도 그 의도를 의심할 터. 하여 까다로운 성품의 주인과 직접 대면해도 허락을 받아 낼 수 있을지 모를 판에 매니저 선에서 이미 불합격 판정을 받고 말았으니…….

그럼 이제 뭘 해 먹고 살아야 하지.
그렇게, 머지않은 미래에 대한 불안은 점점 더 나를 옥죄어 왔다.

우리의 불행은 늘 이상하리만치 상대적이다.

행복도 마찬가지라면 그건 너무 비극 아닐까.

8

허탈한 마음으로 식당을 나서서는 차에 올라 집으로 돌아가는 길. 차 안 라디오에서는 어떤 자기계발서를 쓴 작가가 나와서 이런 말을 하고 있었다.

"모든 게 나 하기에 달렸습니다. 꿈꾸고 노력하고 간절히 바라면 세상 어떤 일이든 이루어질 수 있어요."

작가로서 글을 쓰다 보면 수많은 사람들의 반응을 접하기 때문에 사람들이, 정확히는 독자들이 어떤 얘기를 좋아하고 어떤 얘기는 싫어하는지 대략이나마 알게 된다. 이를테면 불륜에 관한 얘기는 아예 꺼내지조차 않는 것이 좋다. 왜 불륜을 다룬 영화들은 하나같이 배경이 마치 동화처럼 아름다운 건지 생각해 본 적이 있는가? 사람들이 세상에서 가장 싫어하고 어떤 경우에도 용납하지 못하는 주제이기 때문이다. 가령 당신이 작가인데 어느 날 이런 주제로 이야기를 꺼내 봤다고 치자. 영국의 찰스 왕세자(이제는 왕)와 그의 부인 카밀라(이제는 왕비)를 예로 들면서, 이 커플은 비록 불륜으로 만났지만 무려 사십 년째 해로하고 있으니, 이제는 그 사랑의 진정성을 인정해 주어야 하는 것 아니냐. 뭐 이러면서 불륜에 대해 손톱만큼이라도 긍정하는 애기를 하는 순간, 당신은 독자들의 너무나도 격렬한 심정적 저항에 맞닥뜨리게 될 것이다. 세상의 어떤 일이든 상반된 견해가 존재하기 마련이나, 적어도 내가 느끼기에 사람들은 비록 남의 일일지라도 파트너의 부정不正에 대해서는 한치의 이해나 미화도 허용하지 않으려고 한다.

또 있다. 사람들은 운의 중요성을 강조하거나, 인간이 자기 삶을 자신의 의지나 노력으로 통제하지 못한다는 류의 말 역시 별로 좋아하지 않는다. 그보다는 노력하고 애쓰면 뭐든 할 수 있고, 재능은 결코 노력을 이기지 못하며, 운조차 노력으로 가질 수 있다는 식의 말을 훨씬 더 좋아하는 것이다. 어찌 보면 당연한 애기다. 자신의 가능성을 남이 함부로 한계 짓고, 자기 인생을 좌지우지하는 것이 자기 자신이 아닐 수도 있다는 말을 어느 누가 좋아하겠는가.

*

하지만 현실에서 그런 주장(혹은 믿음)은 엄연히 사실이 아니다. 우리는 노력으로 가족 간의 오랜 불화를 해결할 수도 없고, 신호 대기에 걸려 서 있는 상태에서 갑자기 자기 맘대로 와서 들이받는 차를 피할 수도 없다. 노력한다고 해서 모두 부자나 스타가 될 수는 없다는 사실도 잘 알고 있다. 또한 세상의 수많은 이루지 못한 꿈을 가진 사람들이, 결코 노력이나 간절함이 부족해서 그리된 것은 아니라는 사실도 말이다.

물론 내가 이런 말을 하는 이유는, 그러니 노력해도 소용없다는 게 아니라 세상 모든 일이 내 탓은 아니라는 사실을 말하고 싶어서일 뿐이다.

나야말로 어떤 일이든 절대 포기하지 않는 어머니의 기질을 물려받았기에 (물론 그 역시 나의 운이자 복으로 이해하고 있다) 평생 노력이라면 누구 못지않게 하며 살아왔다. 때문에 이번에도 역시 할 수 있는 모든 것을 했지만 원하는 바를 이루지 못한 익숙한 상황에서, 더 무슨 일을 해야 할지 판단이 서질 않았다. 이렇게 소득이 없는데 계속 이 식당에 나와야 할까? 이곳에서 처음 보는 낯선 사람들과 어울려 영화 이야기도 나누고 불쌍한 동물들을 돌봐 주는 일을 한 것은 나름대로 보람 있는 시간들이었다. 하지만 내 진짜 목적이 달성되지 않는데 계속 이렇게 솔직히 나오는 별 연관도 없는 곳에서 시간을 보내는 것이 무슨 의미가 있단 말인가.

그렇게 생각하니 어쩌면 다시 이곳을 찾지 않게 될지도 모른다는 생각에 혼자 가슴이 싸해지려고 하는데 바로 그 무렵이었다. 내가 위층 사람과 그 냉면에 대해할 수 있는 모든 것을 했다고 생각하며 좌절하고 있던 차에 한 파티에 초대된 것은. 그래서 망설이다 참석한 그 파티에서 내가 아직 쓰지 않은 마지막 카드가 남아있다는 사실을 알게 된 것은.

노력과 성공

일본은 야구가 국기國技라서 고교 야구팀만 삼천 곳이 있다.
(우리나라는 불과 오십 곳)
그 삼천 개의 학교에서 프로가 되기를 꿈꾸며 3년간
최선을 다한 아이들 중
아주아주 극소수만이 선택되어 꿈을 이룬다.

꿈이란 본래 그런 것이다.
자리는 적은데 바라는 사람은 많아서
경쟁률도 높고 노력한다고 해서
누구나 다 이룰 수는 없는 것.

때문에 꿈은 이루어진다, 라는 말과는 달리
많은 아이들이 열심히 했음에도 프로가 되지 못하는데

그럴 때
원하는 바를 이루지 못한 많은 아이들에게
너의 노력과 의지가 부족해서 그렇게 됐다고
말하는 게 과연 온당한 일일까?

나는 지금 작가로서

꿈은 대체로 안 이루어집니다.
그러니까 알고 살아가세요.

뭐 이런 말을 하고 싶은 게 아니다.

세상엔 독자들을 향해
노력하면 반드시 성공할 수 있다는 류의
믿음을 설파하는 작가들이 있고
그런 믿음은 때로 긍정적인 역할을 할 때도 있지만

나 같은 사람은
누군가 뜻을 이루지 못했을 때
그게 어째서 실패가 아닌지에 대해
말하고 싶을 뿐이다.

4부

내겐 연예계에 종사하는, 그것도 꽤 잘나가는 친구가 하나 있다. 그때 새로 제작한 프로그램이 대박 나면서 녀석이 축하 파티를 열었는데 거기에 나를 초대한 것이었다. 평소에도 사람을 만나거나 모임에 참석하는 일이 드문 나는 역시나 아는 사람 하나 없는, 더구나 나 빼고 하나같이 유명하고 잘나가는 사람들만 올 게 뻔한 자리에 처음에는 나갈 마음이 없었다. 하지만 무언가 새로운 삶을 갈구하던 터라 그랬을까? 나는 친구의 다음과 같은 말에 나도 모르게 이끌려 참석을 결심하고 말았다.

석원아. 너처럼 집에만 있고 밖에 나가서 사람을 만나지 않으면 제일 손해 보는 게 뭔지 알아? 외로운 거? 그런 건 괜찮아. 사람들하고 꼭 어울리지 않아도 혼자서도 나름대로 살 수 있으니까. 근데 있지, 사람들을 만나지 않으면 더 나은 삶을 위한 정보를 얻을 수가 없어. 그게 문제야. 인터넷 검색만으로는 얻을 수 없는 정보가 세상엔 너무 많거든.

그 말은 맞았다. 나는 거의 온종일 인터넷을 하지만 내가 가는 곳은 언제나 판에 박은 듯 일정하다. 늘 가는 곳에서 메일을 확인하고 그곳 포털에서 뉴스를 보고 나면 다른 포털로 가서 내 이름을 검색해 본 뒤 마지막으로 내가 하는 에스엔에스에 가서 오늘은 좋아요를 누가 몇 명이나 눌렀는지 확인하는 일을 종일 도돌이표처럼 반복하는 것이다.

그러니 온라인이란 드넓은 바다에서 나는 그 얼마나 작은 세계밖엔 경험하지 못하며 살고 있는 것인지.

언젠가, 내가 발이 아파 걷지 못해 고생할 때 정말이지 필사적으로 신을 만한 신발을 검색하고 또 했지만, 그런 나를 구원해 준 건 인터넷이 아니라 지나가는 친구의 한마디였다.

그럼 컴포트화를 신으면 되겠네.

놀랍게도, 발이 아픈 사람들을 위한 신발이 세상에 존재할 거라는 사실을 미처 생각 못 했던 나는, 그 친구 덕에 나에게 맞는 신발을 찾을 수 있었고 비로소 고통 없이 걸을 수 있었다. 친구는 별 것 아니다, 다들 아는 얘기다 했지만 다들 아는 정보가 나에게는 없었으므로 친구가 제공한 정보는 나를 살릴 만큼 유용했던 것이다. 그러니까 세상에는 컴퓨터가 아닌 사람만이 줄 수 있는 어떤 것들이 여전히 있다는 것인데, 그래서 이번에도 친구의 말이 나를 움직였을 것이다.

석원아. 사람을 만나야 기회도 정보도 얻을 수 있어. 그러니까 나와. 무조건. 나와서 어울려.
싫어도 해.

거기서 거기

사람은 자기가 살면서 경험하는 세상이 세계의 전부라고 생각하는 경향이 있지만 물론 그럴 리는 없다. 그래서 나는 사람 사는 거 다 거기서 거기라는 말을 별로 좋아하지도 동의하지도 않는다. 사람의 인생은 결코 거기서 거기가 아니며 경우에 (사람에) 따라서는 제법 큰 격차가 있기 때문이다. 여행을 좋아해서 서른셋이 되기도 전에 벌써 오대양 육대주를 다 가 본 사람을 안다. 그것도 자기가 직접 번 돈으로. 반면 집 밖에 나가는 것을 싫어해 마흔이 넘도록 제주도에 한 번 가 본 것이 여행의 전부인 친구도 있다. 누구의 삶이 더 낫다거나 정답이라는 얘기를 하고 싶은 건 아니다. 단지 다를 거라는 것. 추측건대 두 사람의 삶의 경험의 폭과 사유의 차이가 분명 있을 거라는 것.

우리가 살면서 경험하는 세계는 개개인의 성향과 능력, 또 기질과 환경 등에 따라 다른 모습을 가진다. 나는 친구가 많지 않아 성인이 되어 대부분의 시간을 혼자 보내며 살아왔지만 그렇다고 해서 외로움에 찌들거나 큰 불편을 느끼지는 않았다. 하지만 내가 혼자서도 나름대로 잘 살아왔다고 해서, 나보다 풍요로운 관계를 누리며 살아온 이들의 삶이 나의 삶과 거기서 거기일 거라고는 생각하지 않는다.

친구와 지인들이 여러 곳에 흩어져 있어서 명절이면 자식들 데리고 전라도에도 갔다가 이듬해엔 경상도나 제주도에도 갈 수 있는 친구와, 여자 친구가 생기지 않는 한 결코 여행 따위 갈 일이 없는 나와 같은 사람의 삶이, 그 경험의 폭이, 누리는 시간들이, 같다고 하기는 어렵지 않을까.

{ 2 }

그리하여 친구의 말에 수긍한 나는 파티에 참석하는
데까진 용기를 낼 수 있었지만, 막상 현장에 도착해서
는 여러 가지 이유로 기가 죽어 또다시 사람들과 어울
리지 못했다. 예상대로 화면에서나 보던 유명한 사람
들이 내 눈앞에서 왔다 갔다 하는 모습에 위축이 되기
도 했고, 무엇보다 나를 초라하게 했던 건 내 옷차림이
었다. 화려한 사람들 있는데 너무 초라하게 하고 갔기
때문 아니냐고? 옷을 좀 자리에 맞게 신경 써서 입고
가지 그랬냐고? 아니, 그 반대였다. 나도 그럴 줄 알고
잘나가는 사람들 틈에서 옷차림이라도 기죽지 않으려
고 내 딴에는 가장 비싸고 화려한 옷으로 중무장을 하
고 갔는데, 그게 그만 패착이었던 거다.

무슨 말인가 하면 막상 파티장엘 가 보니 그 잘나간다
는 사람들은 정작 조금 과장해서 말하면 죄다 추리닝
바람에 운동화 차림으로 그냥 편하게들 하고 와서 놀고
있는데 나만 턱시도를 차려입고 온 격이었다고나 할까.
한마디로 오늘의 자리는 말이 파티지 어디까지나 개인
사무 공간에서 가까운 친구들끼리 어울리는 자리였는
데, 그만 파티라는 두 글자에 겁을 집어먹은 나는 티브

이에 나오는 드레스 입고 턱시도 입은 사람들만 상상
하며 혼자 촌발을 날린 것이었으니……. 그렇게 배우도
스타도 아니면서 차림새만큼은 가장 화려했던 내게 '저
사람은 누구야?'라고 누군가 한마디 던지자 그만 얼굴
이 빨개져서 구석으로 숨어들 수밖엔 없었던 것이다.

내가 누구인지를 설명해야 하는, 늘상 해 오던 그 일이
가끔은 이렇게 버거운 순간이 있다.

세상에는 구구절절 자기를 설명해야 하는 사람과
설명이 필요치 않을 만큼 유명하거나 존재감이
확실한 사람이 있다.
나는 당연히 많은 설명이 필요한 존재여서 그동안
나 자신을 열심히 설명하고 선전하며 살아왔다.

하지만

"저 사람은 누구야?"

하면서
막상 대놓고 눈앞에서 설명을 요구하는 말을 들으니
그날만큼은
자신을 설명해야 하는 나의 처지가 조금은 부끄러웠다.

그날 그 파티에서
오직 나만이 설명이 필요한 존재라서 그랬던 건 아니다.

단지
설명이 필요치 않은 이들에게 밀리지 않고자
내가 쓰고 간 모자의 챙이 마치 오드리 헵번이나
쓸 법할 만큼 컸기 때문이었다.

3

앞서도 얼추 말했지만 나는 운명론자라서, 인생의 많은 것이 운에 좌우된다고 믿는다. 이것은 결코 막연한 믿음이 아니라 어른이 되어 평생을 살면서 쌓아 온 경험의 소산이다. 그 누구보다 열심히 살았고 지금도 그렇게 살고 있기 때문에 갖게 된 결론이라고나 할까. 최선을 다해 보았기 때문에 역으로 세상엔 아무리 노력해도 되지 않는 일이 얼마나 많은지 알게 되었다고 할까. 그날 그 파티만 해도, 비록 내 의도는 적중하지 않았지만 어쨌든 나는 최선을 다해서 옷을 준비해 입었고 평소 좋아하지도 않는 자리에 가기 위해 용기를 내지 않았던가. 내가 할 수 있는 노력은 다 했단 얘기다. 적어도 나는 그렇게 자부한다.

하지만 인생은 그렇게 노력한다고 해서 매번 내가 투자한 만큼의 대가를 받을 수 있는 곳은 아니지 않은가. 그날, 나는 무슨 연예인도 아니고, 그렇다고 뭐 다른 내세울 만한 경력도 없다 보니 나를 소개해야만 하는 그 자리가 영 부담스럽기만 했다. 그래서 오늘의 이 자리 역시 그동안 어렵사리 용기 내어 참여했던 그 많은 모임과 다를 바 없는 결과로 귀결될 줄로만 알았다. 용기는 냈지만 사람들과 섞이지는 못한 채 어색하게 홀로 투명인간처럼 공간을 떠돌던 순간들. 그러다, 역시나 내겐 어울리지 않는 자리였다고 자책하며 공연히 쓸쓸한 기분을 안고선 집으로 돌아가던, 늘 반복되던 그 패턴이 오늘도 나를 기다리고 있다고 믿었던 것이다. 역시 내겐 이런 자리는 어울리지 않아. 그게 내 팔자요 운이고 내 스타일이지, 라고 생각하면서.

그런데, 도무지 생각도 못 했던 작은 우연 하나로 그날 저녁만은 평소와는 좀 다른 방향으로 상황이 전개되고 말았던 것이었으니. 역시 인생은 운이 중요하다는 내 평소 지론을 다시 한번 확인하게 된 자리였다고 할까.

4

사연은 이랬다. 그날 친구가 연 파티에서 나는 이래저래 자리가 편하지도 않고 달리 대화를 나눌 상대도 찾지 못하고 해서 그냥 구석에 혼자 앉아 있었다. 그런데 그런 내 말 상대를 해 주려 고맙게도 친구가 내 곁으로 오더니 근황을 묻는답시고 건넨 한마디가 상황을 반전시켰던 것이다.

너, 그래서 층간 소음 문제는 어떻게 됐니. 그 위층 사람은 만났어?

그렇게, 그날 파티의 호스트로서 여러 사람을 챙기다가 비로소 내게 온 친구와 몇 마디를 나누게 되었는데 그게 그만 예상 밖의 상황을 만들고 말았다. 처음에는 전혀 특별할 것 없는 지극히 사적이고도 일상적인 주제의 대화라고만 생각했다. 한데 층간 소음이라는 주제가 뜻밖에도 넓고 큰 집에 사는 사람들에게조차 예외가 아닌 관심사였던 건지, 내 이야기에 귀를 기울이는 사람들이 하나둘 모여들기 시작했던 것이다. 그러면서 친구에게 들려주던 나의 이야기가 점점 더 전개돼 나와 그 위층 층간 소음 유발자와의 기묘하다면 기

묘한 사연에까지 이르자, 사람들은 점점 더 큰 관심을
보이기 시작했다.

진짜 그런 이상한 사람이 있다고요?

네, 있답니다. 자기는 밤새 콩콩거리면서 자기 집 대문
은 절대로 두들기지 말라는 사람. 낯을 가린다는 이유
로 자기 식당에조차 나와 보질 못하는 사람이 있더라
고요.

5

그러자 사람들은 친구들이 내게 그랬듯 저마다 나름의 해결책을 제시하며 훈수를 두기 시작했다. 아무리 그렇기로서니, 무슨 타워팰리스도 아니고 평범한 복도식 아파트에서 바로 위층에 사는 사람을 만나는 게 그렇게 힘든 일일 수 있냐는 것이 사람들의 한결같은 의문이었다.

세상에. 이런 이야기를 주제로 내가 파티의 중심이 되는 날이 올 줄이야.

그때부터 나와 다른 파티 참석자들 사이에는 마치 탁구 선수들이 랠리를 하듯 공방전 같은 대화가 이어졌다. 누군가 해법이랍시고 '아 이러 이렇게 해서 이렇게 하면 되는 거 아니에요?' 하고 방법을 제시하면 그건 내가 이미 써 본 방법이거나 실현 불가능한 일들이 대부분이었기 때문이다. 그렇게 마치 장기판의 장군 멍군 같은 대화가 이어지고 있을 때, 조금 전 나만큼이나 사람들에게서 떨어져 구석에 홀로 앉아 있는 어떤 사람의 모습이 내 눈에 들어왔다. 나처럼 사람들에게 말하기 좋아하고 웃기는 걸 좋아하는 사람들은 누가 내

말에 귀 기울이지 않는지, 누가 유독 내가 던진 유머에 반응하지 않는지 남모르게 살피는 버릇이 있는데 그가 바로 그랬기 때문이다. 내 기억이 맞는다면 그분은 티 브이에도 자주 나오는 유명한 스타일리스트였다. 그가 내게 무심했기 때문에 난 나도 모르게 계속 그쪽을 힐 끔거리며 말했다. 그러다 마침내 내 이야기를 큰 관심 없이 듣고 있던 그분이 중얼거리듯 혼잣말로 이렇게 말했을 때, 내 귀는 번쩍 뜨이고 말았다.

그럴 땐 점을 보면 돼. 그러면 끝나.

그것은 그날 내게, 어디 가서 방귀깨나 뀐다는 사람들 이 건넨 수많은 조언과 충고들 중 최초의 유의미한 것 이었다.

6

갑작스러운 스타일리스트의 참전에 대화는 더욱 뜨겁게 불타올랐다. 나를 제외한 다른 사람들은 그 말에 대부분 부정적인 반응을 보였기 때문이었다. 처음부터 이야기를 듣고 있던 사람들은 대부분 점집이 무슨 흥신소냐, 사람 찾는 일을 어떻게 점으로 해결하냐는 식의 반응을 보였다. 그렇지만 인생의 중요한 고비 때 몇 번 점집을 찾았다가 놀란 적이 있던 내게 그분의 말은 그야말로 귀가 번쩍 뜨이는 수가 아닐 수 없었다.

그래 맞아. 내가 왜 그 생각을 안 하고 있었지?

나는 살아오면서 경험적으로 알고 있었다. 연예인이나 사업가, 심지어 공직에 있는 사람들까지 그 자기 주관 뚜렷한 사람들이 왜들 그렇게 점집엘 자주 가는지. 나부터도 용한 점쟁이를 만나서 놀란 적이 얼마나 많았던지를. 물론 나는 점을 맹신하거나 의지하는 편은 아니지만, 아직도 똑똑히 기억한다. 내 인생에서 가장 힘든 이별의 시기를 겪고 있던 어느 해 어느 날, 친구의 소개로 찾은 타로 점집에서 받았던 충격의 순간을. 점쟁이와 단둘이 마주 앉은 테이블 위에는 여러 장의 카드가 부챗살 모양으로 등을 진 채 펼쳐져 있었다. 나는 그중에서 몇 장의 카드를 마음 가는 대로 집어 들었는데, 거기에는 굳이 누가 해설해 주지 않아도 한눈에 알 수 있는 이별과 고통의 그림들로 가득했다. 검은 망토를 뒤집어쓴 채 홀로 배에 올라 핏물이 가득한 강을 떠다니고 있는 사람. 누군가의 심장에 꽂힌 화살에서 뚝뚝 떨어지고 있던, 사랑의 꿀이 아닌 이별의 검은 눈물과 그 화살에 둘려 있던 거칠고 우악스러운 가시넝쿨들……. 또 나는 분명히 기억한다. 내 인생에서 가장 큰 성공을 거두고 있던 어느 시절에, 혹시나 해서 다시 그 타로점 집을 찾았을 때 내가 내 손으로 뽑았던 카드의 내용을. 그건 누가 굳이 설명해 주지 않아도 알 수 있는 대박을 상징하는 그림들의 향연이었다. 행운의 상징과도 같은 숫자 7이 옆으로 세 개도 아닌 위아래 아홉 개로 화면을 꽉 채우고 있던 슬롯머신의 모습. 온갖 금은보화로 둘러싸인 섬에서 행복하게 웃고 있는 나를 닮은 어떤 사람의 얼굴…….

그런 경험들이 있었기에 나는 평소라면 일면식이 없어 말도 못 붙였을, 그것도 티브이에서나 보던 분한테 물었던 것이다. 어디 용한 점집 아시는 데라도 있는 거냐고. 그때까지만 해도 희망이 싹트는 줄 알았으니 그런

대담함이 발휘되었을 터. 하지만 그분이 한 점집의 이름을 이야기했을 때, 사람들의 반응을 보고 나는 다시 낙담하고 말았다. 그 점집이 별로 신통치 않은 집이어서가 아니라 그 반대였기 때문이다. 사람들은 하나같이 야유를 쏟아 내며 말했다.

에이, 거기는 한번 보려면 예약하고 2년 가까이 기다려야 하는데?

그랬다. 친구의 말대로 파티에 참석해, 사람들로부터 인터넷 검색을 통해서는 결코 얻을 수 없는 정보를 얻게 된 것까지는 좋았다. 만약 나 혼자서 궁리만 했으면 영원히 생각해 낼 수 없을 것들이었으니까. 하지만 제아무리 용한 점집이라도 2년을 기다리느니, 차라리 그 2년 동안 내가 발로 뛰어다니고 노력하면 어지간한 삶의 문제는 해결할 수 있는 것 아닐까? 나는 뭐 그런 생각에 허탈했던 것이었는데, 아아 바로 그 점집의 단점. 너무 긴 시간을 기다려야 한다는 그 치명적인 요소 덕분에 내게 또 그런 행운이 찾아올 줄이야.

나는 불과 몇 초 뒤에 찾아올 행운을 짐작도 못한 채 실망하여 다시 무겁게 입을 닫고 있었다.

점은 주관이 없어서 보는 게 아니라
삶을 살아가는 데 있어서
개인이 취할 수 있는 그저 하나의 전략적이고도 선택적인
행위 중 하나일 뿐이라고 생각한다.

내 삶의 주인은 '나'지만
그런 내 삶을 이루는 건 나뿐만 아니라
환경과 운과 타인과 시대 상황 등
수많은 다른 변수가 있기 때문이다.

어떤 이들은 점도 일종의 카운슬링의 하나로 받아들이던데
그 역시 점에 대한 나름의 이해와 활용이 아닌가 한다.

"점쟁이든 누구든, 다양한 사람을 만나면서 이야기하고 쌓아 온 삶의 데이터라는 건 쉬 무시할 수 있는 게 아니라고 생각해요."

7

남의 불행은 어떻게 나의 행운이 되었나.

내게 그 점집의 존재를 알려 준 분도 나만큼이나 절박한 사정이 있었지만 기다려야만 했다. 당장 해결해야만 하는 문제가 있었는데도.

셀럽들은 좀 일찍 되고 그런 거 없어요? 하고 내가 묻자 그분은 "셀럽은 무슨……." 하더니 작게 한숨을 쉬어 보였다. 그분 말씀에 따르면 그 점집은 유명한 사람이라고 해서 프리 패스가 되고 그런 집이 아니었다. 누구든 공평하게, 순서대로라는 원칙이 있었던 것이다. 그런데 이분이 워낙 사정이 급한 나머지 무리하게 순서를 빨리 차지하려다 그만 보살님의 노여움을 사고 말았던 것.

내가 오만했죠. 내가 주제넘게 보살님한테 거만을 떨어서…….

그래서 자기는 짤없이 육백 일을 넘게 기다려야 했는데 기다리는 동안 자기 문제는 어찌어찌 해결되어서, 막상 순서가 돌아온 지금은 점을 볼 일이 별로 없다고 했다. 그래도 기다린 게 아깝긴 하니까 보긴 볼 건데 자신한테 주어진 시간 중 내게 5분을 떼어 주겠다는 거다.

"와…… 그런 것도 돼요?"

나는 점집에 가서 그런 식으로 자기 시간을 남에게 떼어 줄 수 있다는 얘긴 처음 들어 봤던지라 한편 놀랍고 기쁘면서도, 아무리 그래도 5분이라는 시간은 너무 짧은 게 아닌가 싶어 복잡한 심경이 되고 말았다. 하지만 생각할수록 5분이라는 시간도 내겐 그리 나쁘지 않았다. 나는 다른 사람들처럼 내 삶 전반에 대해 막연하게 이야기를 들으러 가는 게 아니라 내가 궁금한 건 오직 하나. 대체 내가 찾는 그 사람이 어디에 있는가. 어딜 가야, 무슨 수를 써야 그 사람을 만날 수 있는가, 그 한마디만 들을 수 있으면 되는 것이었기에.

그렇게 된 거다. 안 그랬으면 무려 2년을 기다렸어야 했을 터. 하지만 내가 그 남의 삶을 모조리 꿰뚫어 볼 만큼 용하다는 점집의 존재를 알자마자 바로 다음 날 그곳을 찾는 행운을 누릴 수 있게 된 것은, 남의 그런 꼬인 사정 덕분이었다.

인생사 새옹지마라고 했던가.

소음을 피해 대출까지 받아 가며
다른 아파트 한 채를 더 구하는 강수를 두었지만
불행히도 새집은 새집 나름의 소리가 났다.

그나마 다행이라면 원래 살던 집과는 달리
밤만큼은 조용해서 잠은 잘 수 있었다는 건데
앞으로도 꼭대기 층으로 이사를 가지 않는 한
이런저런 소음들은 피할 수 없을 것이다.

물론 가장 높은 층이라고 해서 소음이 아예
없는 것은 아니겠지만 그래도 확률적으로는 가장
조용한 곳일 테니까.

8

파티가 있던 다음 날. 나는 그 냉면집의 위치를 오직 그 분에게만 알려 주는 대가로 초고속 프리 패스를 얻어 운 좋게 5분짜리 미니 점을 보게 되었다. 그러나 막상 기대와 흥분 속에 점을 보러 간 나는 하나의 질문만 던 질 것이므로 시간은 충분할 거라는 내 계산이 완전히 빗나갔음을 알게 되었다. 왜냐하면 보살님이 내게 주 어진 5분이라는 시간은 고려하지 않은 채 이십 분 삼십 분 점을 보는 다른 사람들과 마찬가지로 의례적인 것들 을 물었기 때문이었다. 병원으로 치면 나는 새로운 환 자, 즉 초진이기 때문에 그렇다나? 난 다급한 마음에 저는 딱 하나만 여쭤 보면 된다고 사정을 얘기했지만 오히려 역정만 듣고 말았다. 너에 대해서 뭘 알아야 하 나의 질문이라도 답을 해 줄 것 아니냐는 말씀이었다.

"너는 내가 무슨 누르면 무조건 원하는 게 나오는 자판 기인 줄 아니? 점이라는 건 그런 게 아니야."

그렇게 시간은 가는데 지금 내가 여기 왜 왔는지, 뭘 원하는지조차 말을 하지 못하게 된 나는 속이 까맣게 타들어 갔지만 더는 보살님의 말을 끊을 수 없었다. 안 그래도 점을 보러 들어가기 전에 대기실에서 기다리는 동안, 점집 사무장으로부터 당부를 들은 터였기 때문이었다.

"중간에 보살님 말 끊지 마세요. 오늘은 특히 신경을 많이 쓰셔서 평소보다 더 예민해 계시니까 꼭 좀 조심해 주세요."

이런 환장을 할…… 그토록 용하다던 점집에 와서 마지막 희망을 기대했던 나는, 그야말로 망연자실하고 말았다. 벌써 3분이 넘었으니 이대로라면 난 어떤 소득도 없이 다시 그냥 집으로 돌아가야 할 판이 아닌가. 그리고 또 2년을 기다려야 하나? 결국 인생에서 지름길이란 없다는 교훈을 안고서? 그래 마음은 타들어 가는데 심지어 보살님이 자기가 오늘 사람을 너무 많이 만나서 피곤하다며 하품까지 하는 지경에 이르자 난, 거의 실망을 넘어 분노를 느끼고 말았다.

어떡해야 하나. 여기서 이분 말을 끊어야 하나. 그랬다가 남은 1분도 못 챙겨 먹고 쫓겨나기라도 하면…….

그렇게 5분이 거의 다 채워지도록 보살님은 나와 마주

한 내내 졸고 하품하고 평범한 이야기만 해 댔다. 나는 이제는 아예 분노를 넘어 모든 것을 포기하는 지경이 되어 그냥 일어서려는데, 그분은 마치 그런 내 심경을 꿰뚫어 보고 있기라도 하듯, 마치 네가 이렇게 실망하고 화내고 포기할 때까지 기다렸다는 듯, 네가 어른인지 아닌지, 좀 진득한 여유와 참을성과 예의가 있는 놈인지 아닌지 보고 있었다는 듯, 표정이 싹 바뀌더니 이런 말을 건네는 것이었다. 진짜로 시간이 거의 다 되어 갈 무렵의 일이었다.

자, 이제부터 그대가 원하는 걸 딱 한 번만 말해 줄 거야. 그러니까 절대로 되묻거나 무슨 뜻이냐고 토 달지 마. 나 시간 오버 되는 거 제일 싫어하니까. 알았지? 응? 근데 자긴 분명 되물을 사람이라서 말이지······.

네? 아뇨. 아뇨. 절대로요. 전 누가 하지 말라는 건 절대 안 합니다. 그러니까 걱정 마시고······.

나는 내가 뭘 궁금해하는지 물어보지도 않았는데 대체 어떤 답을 주시려는 거냐, 그래도 내 질문을 듣고 말씀해 주시는 게 좋지 않겠냐는 말이 목울대 끝까지 치고 올라오려는 걸 가까스로 참으면서, 무슨 말이 나오든 절대 되묻지 않으리라 결심 또 결심하면서 정신을 완전히 집중하고 있는데 마침내 보살님이 말씀하셨다.

9

만났어.

네? 만났다뇨?

아차차. 결코 되묻지 않으리라 그렇게 결심했건만……
너무도 뜻밖의 짧은 한마디에 난 나도 모르게 놀라 해
서는 안 될 말을 뱉고 말았다.

이거 봐. 내가 너 이럴 거라고 했지?

그러면서 그분은 냉정하니 자리에서 일어서며 머쓱해
하는 내게 그래도 마지막 한마디는 덧붙여 주셨다.

이미 만났다고. 어? 근데 왜 네 앞에 있는 사람을 몰라
보고 엉뚱한 데 다니면서 그렇게 안달을 떠냐고.
자, 오늘은 여기까지. 그럼 바이.

그리고 그분은 그대로 방에서 나가 피곤하다며 침실로
가 버렸고, 그날 거기서 내가 들은 말은 그게 다였다.

나는 그때 그 말이 대체 무슨 말인지, 내가 누굴 만났다는 건지 전혀 이해할 수 없었지만 침실로 따라 들어갈 수도 없는 노릇이라 끝내 방을 나올 수밖엔 없었다. 그리고 그때부터 나는 내게 하사된 유일한 점괘인 보살님 말의 진위를 파악하느라 온 신경을 집중하기 시작했다.

이미 만나고 있다고?
내 앞에 있다고?
그게 누군데? 내 앞에 누가 있는데?

그토록 찾아 헤매던 사람을 내가 이미 만났다니. 나는 머릿속이 빨래 돌아가는 세탁기처럼 뒤죽박죽되어 그곳을 나섰다. 그 안에서는 아무리 둘러봐도 지금 내 앞엔 내가 어서 나가주기만을 바라는듯한 점집의 젊은 사무장밖엔 없었으므로.

*

차를 몰고 집으로 돌아가면서, 나는 친구들과 심지어 나를 그곳에 소개해 준 그 스타일리스트이자 셀럽인 분에게까지 전화해 질문을 퍼부어야 했다.

이게 대체 무슨 말이에요? 내가 누굴 만났다는 거야?

아무리 생각하고 또 생각해도 난 아무도 만나지 않았
는데 말이다.

가끔
어떤 날은
알고는 못 떠났을 먼 길처럼
긴 하루가
있다.

5부

그날 내 앞에 떨어진 최초의 유력한 단서 앞에 나는 대
혼란에 빠졌다. 그 보살님은 결코 허황된 말을 하거나
뜬구름 잡는 해석의 여지가 많은 말을 하는 분이 아니
라고들 하니, 나는 그분의 말을 액면 그대로 받아들이
는 수밖엔 없었다. 즉 그 말대로라면 내가 그토록 만나
길 원했던 위층 집 사람이자 그 식당의 주인을 내가 이
미 만났다는 것 아닌가. 그렇다면 내가 그동안 만났던
사람 중에 그가 있었는데 몰라봤든지, 그가 자기 신분
을 숨겼든지 둘 중 하나란 얘기였다. 당연히 같은 동에
사는 사이니 만큼 엘리베이터 같은 데서 함께 타고 오
르내린 정도를 가지고 만났다고 하셨을 리는 없을 테
니 말이다.

아무튼 부정할 수 없는 한 가지 사실은 나는 누굴 찾고
있다고 묻지도 않았는데 분명 그에 대한 대답을 들었
다는 거.

궁리에 궁리를 거듭하며 친구들 등 다른 많은 이들의
조언까지 합해 내가 내린 결론은 이랬다. 보살님 말씀
의 뜻은 결국 내가 위층 사람의 주의를 끌고자 그 식당

에 드나드는 동안, 이미 만났던 여러 사람 중에 그 식
당 주인이 있다는 얘기밖엔 되지 않는다는 것.

그래서, 그렇게 마주쳐 놓고선 못 알아본 채 내가 계속
엉뚱한 데서 헤매고 있으니 답답해하신 거겠지.

*

이건 정말 나로선 놀라운 일이 아닐 수 없었는데, 보살
님의 말씀이 사실이라면 누군지 모를 그 사람이 자기
가 그곳 사장이라는 걸 감추고 나나 혹은 다른 사람들
과 태연히 어울렸다는 것이었으니 놀랍지 않을 수가 있
을까. 정말 그랬다면 대체 왜 그랬어야 하며, 이제 와서
생각해 보니 주인이 낯을 가려 자기 가게에도 나오질
않는다는 것 자체가 말이 되질 않는 얘기였고, 그렇게
생각하니 오히려 모든 실마리가 풀리는 기분이었다.

하여 그날 보살님의 단 한마디 점괘를 받아든 후로, 내
가 그동안 그 식당에 가서 손님으로 냉면을 먹으면서
만난 거기 직원들, 매니저님, 주방 아주머니들과 그 동
네 살면서 영화 모임에 나와서 나와 함께 영화 보고 작
품 이야기를 나눈 사람들. 또 비 맞으며 동물들한테 함

께 밥을 주러 다닌 그 모두가 그때부터 나에게는 일종
의 용의자들이 되었다. 그것은 이제부터 그 식당에서
내가 마주치는 모든 사람이 내겐 의심을 두고 살펴야
할 요주의 인물들이 되었단 뜻이기도 했다.

2

나는 와인도 팔아 보고, 레코드 가게도 해 봤기 때문에 어느 곳이든 들어가면 누가 주인인지 대략 짐작할 수 있다. 어떤 가게든 가장 여유 있어 뵈거나, 반대로 가장 조바심 내며 손님들에게 집중하는 사람이 사장이다. 적어도 내 경험으로는 그렇다. 하지만 이 식당은 다른 일반적인 곳처럼 영리를 우선시하는 곳이 아니라서 그런지, 며칠 그 부분을 염두에 두고 유심히 직원들을 위주로 살펴봤지만 그런 사장 특유의 느낌을 풍기는 사람은 없었다.

도대체 누굴까. 이 식당에서 홀 서빙으로 일한 지 일 년이 다 되어 가는데도 아직 사장 얼굴 한 번 못 봤다고 태연히 말하던 에이 씨가 사실은 사장일까? 내가 왜 주인을 만나야 하는지 그렇게 절박하게 고백을 했는데도 일언지하에 안 된다고 냉정히 못을 박던 매니저님일까? 그 누구라도 왜, 어째서 자기 신분을 감추고 있는 걸까.

*

설마 무슨 죄라도 지은 건 아닐까? 그 왜 있지 않은가. 장발장처럼, 감옥에 다녀온 뒤 새사람이 되어 몰래 남을 도우면서 사는…… 그러나 자신의 신분이 드러나길 원하지는 않는 그런 사람.

그렇게, 점을 보고 난 직후엔 내가 찾는 목표에 상당히 접근한 느낌이었는데 용의선상에 두어야 할 후보자가 너무 많다 보니 수사(?)는 다시 정체 상황에 빠졌다. 누가 내가 사는 쪽 방향으로 귀가를 하는지, 누가 주인 같은 티를 숨기지 못하는지 정도의 기준만으로는 내가 찾는 사람을 발견하기가 어려웠기 때문이었다.

그러던 어느 날. 점을 본 이후로 잠시나마 활기를 띠던 일종의 색출 작업이 다시 소강상태에 접어들 무렵, 내 본래 목적과는 상관이 없지만 식당에서 뜻밖의 소식이 들려왔다. 언제부턴가 주말이면 모임에 등장해 내 눈 길을 끌던 그 기린처럼 키가 큰 여성이 이번 주말에 야 구장엘 간다며 같이 갈 사람을 모집한다는 것이었다.

3

야구?
야구를 좋아한다고?

하마터면 나는 나도 모르게 반가워 같이 가고 싶다고 손을 들 뻔했다. 세상에 야구를 좋아하는 사람이 그렇게나 많은데도, 태어나서 한 번도 야구는 물론 운동을 좋아하는 사람을 짝으로 만나 본 적이 없었기 때문이었을까? 그래서 그런지 난 누군가 야구를 좋아한다는 사실이 그렇게나 신기하고 또 반가웠다. 다만 지금 내 처지가 처지인 만큼 자제하고 있었을 뿐. 한데 뜻밖에 그가 내게 다가오더니 웃으며 먼저 말을 거는 것이 아닌가.

운동 좋아한다고 하지 않으셨어요?

그녀였다. 173.2587센티인 나보다도 큰 키. 시원하고 서글서글한 인상에 관심과 호감은 갔지만 영화 보기에 별로 흥미가 없어 보이길래 나와 연결될 가능성은 애초에 없는 것으로 나 혼자 결론을 내 버렸던 사람. 아마 내가 '여기(식당)는 왜 운동 경기 좋아하는 사람들

모임은 없냐'고 몇 번 투덜거리듯 말했던 것을 들은 모양이었다.

아, 네. 그게…… 나는 갑자기 들어온 한 방에 선뜻 대답을 하지 못하고 머뭇거리는 동시에 머릿속으로는 그런 생각이 들었다.

이 식당에서 내가 찾는 사람과 가장 거리가 먼 인물이 있다면 바로 이 사람이 아닐까. 잘 알지도 못하는 타인에게 저렇게 서슴없이, 진짜로 일말의 거리낌도 없이 말을 걸 수 있는, 나와는 완전히 다른 종류의 사람 말이다.

어떤 이유에서든 자기를 감추거나 속일 마음도 이유도 없어 보이는 해맑은 얼굴. 게다가 사는 동네도 이 식당에 오는 사람들 중에 가장 먼 곳이고 (그의 집은 경기도 오산이었다) 무엇보다 결정적으로 냉면을 못 먹으니 용의선상에 둘 필요조차 없는 사람. 그런데도 나는 그렇게 용의자로서나 인간적으로나 나와는 가장 거리가 먼 사람의 제안을 수락하고야 말았다. 애초 가지 않으려 했으나 사람이 바로 내 코앞에 와서까지 제안을 하는데 어쩐지 그 눈과 미소를 보면서 나는 거절이라는 두 글자를 떠올릴 수가 없었다.

그리하여 가게 된 나의 잠실 야구장 나들이는 물경 수십 년 만의 일이었으며 동시에 위층 집 사람이자 식당 주인을 찾아야 하는 지금의 내 절박하고도 시급한 과제와는 도무지 상관이 없는 이벤트였다. 그런데 그날 그 야구장행을 계기로, 상황은 지금까지와는 또 다른 방향으로 접어들고 만다. 그렇게도 몰두하던 누굴 찾는 일과 나는 그때부터 점점 멀어지게 되었던 것이다. 내가 찾는 사람과는 가장 거리가 먼 인물과 조금씩 가까워지게 되면서.

나는 한 사람의 일생 동안의 연애엔 패턴이라는 게 있다고 생각한다. 사람의 성향과 기질이라는 게 대체로 일정하기 때문에 아무리 연애를 많이 해도, 양상은 늘 비슷하게 펼쳐지기 마련이라는 얘기다. 비슷한 사람과 비슷한 경우에 뭔가 감정이 끌리고, 비슷한 사례로 같은 실수를 하고, 비슷한 일로 헤어지는 일이 반복되기 쉽다는 것이다. (바람도 피우는 사람이 늘 피우는 것처럼.)

물론 아닌 경우도 있을 것이다. 인생이 워낙 길다 보니 예외의 경우가 생기거나 언젠간 그 패턴이 바뀔 수도 있을 터. 그렇지만 적어도 나는 초등학교 다닐 때부터 스무 살이 한참 넘은 지금까지 사람이야 여러 사람을 만났어도, 그때마다 겪게 되는 과정은 놀라울 정도로 똑같았다. 가령 나는 나를 쫓아오기보다는 나로 하여금 자길 쫓게 만드는 사람을 좋아한다. 나만 바라보는 것보다는 내가 좋아하는 만큼 나를 좋아하지 않거나, 차라리 함부로 대하고 괴롭히면 더 마음이 생기고 간절해지는 타입의 사람이라는 것이다. 그럼 무슨 일을 겪게 될까. 나를 보지 않고 나를 괴롭히는 사람이라야 마음이 가다 보니, 매번 행복한 순간은 오직 연애 초반의 잠깐뿐이고 그 뒤로는 마음이 너덜너덜해질 때까지 고통 속에 시달리다 끝내 관계의 종말을 맞이하곤 하는 것이다.

*

물론 나는 그 패턴이 마음에 들지 않았고, 그래서 그 반복되는 형태를 어떻게든 바꿔 보려고 무던히도 애를 썼지만 되지 않았기 때문에 그냥 받아들이고 살았다. 아니, 받아들였다기보다는 체념을 했다고 하는 게 더 맞는 표현이겠다. 예를 들어 그렇게 힘들게만 연애를 하다 보니 남들보다 감정이 빨리 지치고 식는 편인데, 그런 내가 아무리 싫어도 사람이 자기 기질을 바꾸기란 어려운 일이기 때문에 차라리 빨리 좋아지고 빨리 식기를 바라는 심정이 되었다고 할까. 상대가 달아나야만 생기는 이 감정이 진짜가 아니란 것은 알지만, 그렇다고 그걸 아는 내 이성이 내 감정을 통제하지는 못하기 때문에 결국 소용이 없다. 그래서 이렇게 끌려다니는 상황이 너무 싫고 힘이 들어 미치겠으면서도, 스스로 그럴 수밖에 없는 인간인 걸 너무 잘 아니까 그냥 빨리 끝나기라도 했으면 하는 심정이 되고 마는 것이다. 그러다가 더 나이를 먹어서는 그 모든 반복되는 패턴이 번거롭고 지겨워 그냥 연애를 안 하고 살 수 있음 좋겠다고 생각하는 데까지 이르기도 하고 말이다.

아무튼 그래서, 그렇게 고통으로 점철된 지독하고도 힘든 시간뿐이었던 나의 연애는, 아이러니하게도 덕분에 언제나 아주 선명한 연애사를 남겼다. 당사자인 나혹은 우리는 끔찍스레 고통스러웠지만 대신 기승전결이 분명한 이야기를 남겼던 것이다.

언제나 강렬한 끌림이 있었고 그만큼의 강렬한 고통과 사연과 갈등이 있었다. 싸우고 헤어지고 때로는 서로를 할퀴고 도망가고 쫓아가고 지지고 볶고 울고 편지 쓰고 엎드려 빌고 앓아눕고 원망하고……. 그러다 보면 지치고 지쳐 이 세상에 나라는 존재가 없어져 버리는 느낌이 들 때쯤에야 비로소 기진맥진한 상태가 되어 저 멀리 작고 희미하게나마 탈출구가 보이곤 했던 것이다. 마치 무너진 터널에 한 몇 달 갇혀 있던 사람처럼 말이다.

그리고 남는 것은 미화된 과거의 그 힘들었던 기억들뿐…….

나의 연애는 뭐가 그렇게도 힘들었을까. 나는 일단 연락에 너무나도 민감하기 때문에 늘 그 부분이 문제가 된다. 나는 단순히 일 때문에 연락을 주고받는 사이에 서조차 뭔가 소통이 지체되거나, 심지어 택배 기사가 주기로 한 연락을 제때 주지 않는 상황만 되도 미친다. 진짜 아무것도 하지 못한다. 그러니 연애를 할 때는 연락 때문에 얼마나 고생을 하겠으며, 결국 그런 상태가 일종의 질서로 굳어져 누구를 만나든 반복되기 마련이란 얘긴데, 내가 지금 내 연애사의 일단에 대해 이토록 길게 이야길 하는 데에는 이유가 있다.

이제부터 어떤 사람과의 관계에 대해 말하려고 하는데, 돌이켜보면 그 사람과는 지금껏 내가 평생을 되풀이해 왔던 그 패턴. 다시 말해 연락은 물론 연애만 하면 날 힘들게 하는 어떤 반복적인 문제와도 상관이 없는 시간을 보냈기 때문이다. 정말이지 그와 만나는 동안에는 어떤 사건 사고나 극적인 계기 같은 것도 없었으며, 무엇보다 그 사람은 나를 힘들지 않게 하고도 내 마음을 끌어당긴 최초의 사람이었다.

진짜 단 한 번의 미묘한 다툼이나 작은 신경전조차 없었던, 마치 바람 한 점 불지 않는 사막처럼 평화로운 관계였다면 믿을까.

5

나는 책에서나 전설처럼 목격했던 이런 관계가 세상에 존재할 수 있는지를 꿈에라도 상상해 본 적이 없었다. 엄연히 취향과 성격이 다른 사람과 사람 사이에 어떻게 이렇게 의견의 대립이나 여하한 충돌이 없고, 어떻게 이렇게 절절하지도 고통스럽지도 않은 관계가 가능할 수 있는 것일까. (그게 연애가 맞았다면) 그 사람은 나를 불안하게 하지도 않고 애태우지도 않았는데, 그는 나를 벌레로 느껴지게 하지도 않았는데, 어째서 나는 그를 좋아할 수 있었으며 우린 아무런 다툼 없이 잘 지낼 수 있었을까.

그래서 이제부터 할 이야기는, 그동안의 나는 물론이고 다른 여느 커플들의 그것과는 달리 뭔가 극적인 사연이나 어떤 절절함이 없을지는 모르겠으나, 그럼으로써 오히려 너무 완벽했던, 그래서 불안할 정도로 행복하고도 평화로웠던 경험에 대한 이야기가 될 것이다.

완벽하게 행복한데 뭐가 불안하냐고?
사이코냐고?

겪어 보면 알 것이다.

완벽하다,라는 네 글자만큼 불완전하고도 불길한 단어
가 없다는 걸.

이제 그 이야기를 해 보려 한다. 언제 깨어질지 몰라
불안해 미칠 만큼 모든 것이 너무나도 순조롭고 또 행
복했던 기억에 대해.

사랑이란

둘이 비슷하게 시작할 수는 있어도

동시에 끝낼 수는 없는 법.

그게 이 행위의 문제라면 가장 큰 문제다.

6

나는 평생의 적중률 97퍼센트짜리 아주 확률 높은 징크스가 있는데, 그건 누구를 만나든 내가 받은 첫인상은 틀리기 마련이라는 것이다. 처음 만난 어떤 사람의 느낌이 좋으면 결국엔 뭔가 그 판단을 뒤집을 일이 생기고, 안 좋으면 오히려 반대의 경우가 되는 일이 많았단 얘기다. 그도 예외가 아니었다. 내가 처음 그 사람을 만난 건 그 식당의 영화 감상 모임에서였고, 그날 우리가 사람들 틈에서 함께 본 영화는 누군가 고른 미야자키 하야오 감독의 애니메이션 작품인 〈마녀 배달부 키키〉였다. 상영이 끝나고 나서 다들 극장 근처 카페에 모여 앉아 각자의 감상을 나누는 뒤풀이 자리가 있었는데, 그 사람은 그저 남들의 이야기를 듣기만 할 뿐 딱히 어떤 발언을 하거나 흥미를 보이지 않았고, 나는 그 모습을 보면서 우리가 연결될 가능성은 크지 않다고 생각했다.

나로서는 일종의 첫인상이었던 셈인데, 일단 감성이나 취향 면에서 공유할 수 있는 부분이 많지 않을 공산이 클 거라 생각했던 것이다. 적어도 생면부지의 두 사람이 맺어지려면 둘만의 공통점이라든가 뭔가 나눌 것이 있어야 하는데, 영화 감상이라는 내게 무척이나 비중이 큰 일을 같이할 수 없다면 만나서 무엇을 하고 무슨 이야기를 나누면서 마음을 키워 갈 수 있을까, 하는 생각이었다고 할까. 물론 늘 그렇듯 떡 줄 사람은 생각도 않는데 혼자 김칫국부터 마시고 있는 형국이긴 했지만 말이다.

아무튼 그래서 그와의 미래를 기대하기는 어렵겠다고 판단했던 것인데, 아무리 첫인상은 반대로 간다는 나의 징크스가 강력했다 한들, 설마 이번에도 그게 반전 없이 적중할 줄은 솔직히 몰랐다. 물론 사람이 자신의 운명을 만들어 가는 데에는 운이나 징크스 같은 것들이 변수가 되긴 하지만 분명 자신의 의지나 노력이 큰 영향을 미치지 않겠는가. 무슨 얘긴고 하니, 영화에서 어긋났던 인연이 야구에서 접점을 기대해 볼 수 있는 처지가 된 것까진 좋았는데 불행히도 우리는 서로 응원하는 팀이 달랐다. 그녀가 좋아하는 팀은 기아 타이거즈였고 당시 나는 한화 이글스의 팬이었으니까. (지금은 예전만큼은 아니지만.)

서로 사귀는 사이에 둘 다 야구를 좋아하긴 하지만 응원하는 팀이 다르다는 사실은 어째서 문제가 될까. 만

약 우리가 그림을 좋아하는 사람들이었다면 서로 좋아
하는 화가가 다르다고 해서 다투거나, 관심사가 겹치지
않는다고 말할 수는 없을 것이다. 하지만 야구는 얘기
가 다르다. 프로 야구 팬의 하루라는 게 결국 매일 자기
가 좋아하는 팀의 성적을 살피며 일희일비하는 게 생활
이다시피 하다 보니, 각자 응원하는 팀이 다르면 야구
라는 큰 틀에서나 관심사가 겹칠 뿐, 사실상 다른 종목
을 좋아하는 것과 매한가지라 할 수 있기 때문이다.

그래서 나는 이 대목에서 일종의 운의 조작을 시도해
스스로의 운명을 개척했다. 그녀가 자신이 응원하는
팀을 밝히는 순간 나도 모르게, 진짜 일말의 고민조차
없이 반사적으로 뻥을 친 것이다. 나도 기아를 좋아한
다고.

아아, 하느님 용서하시라. 이 나이에도 누군가와 맺어
지기 위해 이런 거짓말을 하게 될 줄은 저도 몰랐습니
다, 아버지. 아니, 어쩌면 이런 많은 나이이기 때문에
더 그래야 했는지도 모르지만, 아무튼 그렇게 해서 나
는 우리 사이에 어떤 합일점을 가까스로 만들어 내긴
했다. 그런데 나의 그 거짓말은 애초 의도와는 달리,
서로 간에 끊이지 않는 대화를 이끌어 내는 게 아니라

오히려 반대의 결과를 빚고 말았던 것이었으니. 우리
가 '같은 팀'임을 확인한 그녀가 놀랍고도 반갑다는 표
정을 지으며 내게 어떤 제안을 했는데 그게 그만 모든
걸 바꿔 버렸기 때문이었다.

거짓말 얘기가 나와서 한 말씀 드리겠습니다. 사람이 누굴 솔직하다고 느끼는 건 그 사람이 결코 거짓말을 하지 않을 것 같아서가 아닙니다. 정말 그런 사람이 있다면 그건 사기꾼일 확률이 높겠죠. 사람들은요. 어떤 사람이 자기 실수나 거짓까지 있는 그대로를 털어놓을 때, 그걸 진솔하고 솔직하다고 느낍니다. 언젠가 낸 책에서, 제가 어떤 여성과 소개팅을 하는데 이분이 잘나가는 의사에다 차도 포르쉐를 몰고 오고 막 그랬거든요. 그래서 제가 당황해 가지고, 저도 차를 가져갔으면서 나는 차 안 가져 왔다고 태연하게 구라를 치는, 이런 장면들이 그 책 속에서 수없이 나온단 말이죠. 근데 사람들이 그 책만 보고 나면 이 사람 참 솔직하다, 이런 말을 너무 많이 하는 거예요.

그래서 전 희한하다고 생각했죠. 나는 별로 정직한 놈이 아닌데, 저렇게 구라도 많이 쳤는데 사람들 반응이 왜 저럴까. 이런 말을 하면 또 사람들이 그래요. 저거 보라고, 저 사람 저 솔직한 거 좀 보라고, 자기가 별로 정직하지 못하다는 사실까지 다 털어놓는다고…….

물론 거짓말은 좋은 게 아니죠, 당연히. 근데 저는 거기에 막 알레르기를 갖고 솔직함에 대해서 결벽을 보이는 그런 종류의 사람은 아니거든요. 저는 사실 살면서 거짓말을 아예 안 할 길이 어디에 있는지도 잘 모르겠어요. 저는 무엇보다 타인에게 상처를 주거나 불편해지는 게 싫어서 연기도 많이 하거든요. 가령 어떤 아픈 독자가 책 내 보는 게 소원이라면서 저한테 글을 보내왔다고 쳐요. 근데 이렇게 보니까 글솜씨가 그렇게 좋지는 않았다고 치자고요. 이럴 때 내가 느낀 그대로를 말하는 것은 저에게는 전혀 솔직한 것도 아니고 윤리도 아니거든요.

뭐 그렇다는 얘기입니다.

7

이게 다 무슨 얘긴지 이해가 잘 되지 않는다고?

다시 풀어서 설명을 해 보겠다. 그때까지 나는 연인 사이라면 주절주절 입을 벌려 소리 내어 하는 대화만이 소통이고 교감이라고 생각했다. 나라는 사람이 원체 말하는 걸 좋아하기도 하거니와, 서로 좋아하는 사람들끼리 두런두런 나누는 대화 이상의 행복한 이벤트가 또 어디 있겠는가. 그래서 그때까지 나는 둘 사이에 흐르는 조금의 정적도 견디지 못했다. 할 얘기나 화젯거리가 떨어질까 봐 늘 전전긍긍 노심초사하면서 어떻게든 침묵이 흐르지 않도록 애를 써 왔던 것이다. 연인 사이라면 그래야만 한다고 믿었으니까.

그런데 그런 내게 그녀가 선사한 것은 끊어질 걱정할 필요가 없을 만큼 끊임없는 대화의 연속이 아니라 다름 아닌 침묵이라는 두 글자였다. 대화가 아닌 침묵으로 소통하는 법을 이 나이 먹도록 한 번도 경험해 본 적이 없던 나는, 그런 식의 데이트를 할 수 있다는 생각 자체를 해 본 적이 없었기 때문에 처음엔 당황할 수밖엔 없었다. 하지만 그녀가 이끄는, 나로선 처음 가

보는 길은 굳이 많은 말이 필요하지 않았고, 그러한 침묵과 정적이 주는 교감은 나를 놀랄 만큼 압도해 버리고 말았다.

다시 말해 그녀는 나의 입을 벌리게 해서 나를 만족시켰던 게 아니라 나의 수다스러운 입을 다물게 함으로써 나를 끌어당겼던 것이었으니, 이제부터 할 이야기는 그녀가 했다는 그 상상 못할 제안이 과연 무엇이었는지에 관한 것이 되겠다.

어째서, 누구보다 말하기를 좋아하는 내가 나의 입을 다물게 한 사람에게 그토록 끌리게 되었는지에 대해. 무엇이, 평생토록 반복되어 그게 당연한 거라고 믿어 왔던 한 사람의 시끌벅적한 연애의 패턴이 여지없이 깨어져 나가는 경험을 하게 했는지에 대해.

우선, 둘이 야구장엘 처음 같이 가던 때부터 이야기를 시작해 보겠다. 둘이 아니라 여러 사람이 같이 가기로 했던 거지만 아무튼.

미안하고 난처하면 웃음이 터지는 사람.
선물을 받고도 좀처럼 고마움을 표현할 줄 모르거나
사랑에 빠지면 오히려 차가워지는 사람.

같은 언어를 쓰지만
표현은 서로 다른
우리는 이토록 개별적인 존재들.

8

그날은 정말이지 모든 게 좋았다. 날씨, 야구장이라는 공간, 때마침 찾아온 절묘한 행운까지…… 내가 마지막으로 야구장엘 갔던 게 이십 대 초반의 일이었으니까, 이 아름다운 공간을 얼마 만에 다시 찾는 것인지 헤아리기조차 쉽지 않았다. 야구를 그렇게 좋아해서 매일 중계방송을 챙겨 보면서도 어째서 그동안 경기장에 갈 생각은 하지 않았던 것일까. 단지 같이 갈 사람이 없어서 그랬을까?

그렇게, 사람들과 어울려 모처럼 경기장을 찾는다는 생각에 흥분하고 있는데 뜻밖의 일이 벌어졌다. 수십 년 만에 야구장을 찾는 것보다 훨씬 더 좋은 일이 말이다.

무슨 얘기냐면, 당일 야구장엘 도착해 보니 하늘이 내게 무슨 기회라도 주려는 것인지 처음 야구장엘 가자는 얘기가 나왔을 때만 해도 당연히 갈 것처럼 좋아서 으쌰으쌰 하던 사람들이 무슨 이유에선지 하나도 나오질 않은 거다. 막상 가려니 귀찮아서 나 하나쯤은 빠져도 되겠지, 하는 생각들을 하필 다 같이 했던 것인지는 모르겠다. 아무튼 당일 잠실 야구장 매표소 앞 약속 장

소엘 가 보니 나온 사람은 오직 오늘의 야구장 회동을 주최한 사람과 나 둘뿐. 물론 나는 나답지 않게 빠른 머리 회전으로 하늘이 주신 그 기회를 놓치지 않았다.

"와, 정말요? 저도 기아 팬인데."

물론 나는 앞서도 얘기했지만 사실 한화 팬이다. 그렇지만, 평생 처음 여성과 단둘이 야구장엘 들어가게 된 이 절체절명의 상황에서, 이 정도의 구라는 솔직히 이해를 좀 해 줘야 하지 않겠는가. 다행히 나라는 사람은 "아 저는 한화 팬이니까 그럼 우린 따로 앉아서 봐야겠네요."라고 사실대로 말해서 하늘이 모처럼 주신 기회를 놓칠 정도로 멍청하진 않았다. 또 워낙 프로 야구를 오래 보아 온 터라 기아도 어지간한 선수들은 꿰고 있었기에, 그날 하루 정도는 다른 팀 팬 행세를 하기에 부족함이 없을 거라는 자신감에 기인한 행동이기도 했고 말이다.

*

실로 오랜만에 찾은 잠실 야구장 3루 쪽 테이블 석. 녹색 잔디가 그림같이 깔린 운동장을 코앞에서 내려다보며 마시는 맥주는 얼마나 황홀하던지. 거기에 솔솔 불어오는 초여름 바람에 기분 좋은 취기마저 올라왔기 때문이었을까? 나는 도무지 경기에 집중하기가 어려웠다. 옆에 앉아서 선수들을 향해 손을 흔들고 씩씩하게 소리를 지르기도 하고 분주히 휴대폰을 보며 경기 상황을 체크하는 사람의 얼굴이 자꾸만 보고 싶어져 애를 먹게 된 것이다. 보고 싶으면 보면 되지 않냐고? 하지만 옆에 앉은 사람을 보려면 옆으로 고개를 돌려야 하는데 불행히도 내겐 아직 그 사람을 보고 싶은 만큼의 할 말이 존재하질 않으니 어쩌면 좋겠는가.

그렇게 나는 정작 야구는 보는 둥 마는 둥 하면서 그가 내게 말을 걸어 주기만을 기다리던 그 순간들이 뭔가 어색하기도 하고, 누구와 이렇게 나란히 앉아 보는 일이 참 오랜만이기도 해서 마음이 또 몽글몽글해지고 말았다.

〈마녀 배달부 키키〉를 보고도 아무런 할 말이 없는 사람이랑은 연결될 가능성이 없다던 내가 어떻게 된 것일까. 어쩌면 분위기 탓에 그랬는지도 모른다. 야구장이라는 탁 트인 공간에서 치킨에 맥주에 시원한 바람까지 불어오니 뭐 그럴 수 있는 것 아닌가. 사람이 분위기에 취하면 없던 감정이 생길 수도 있는 거고, 아니면 자기도 몰랐던 감정을 발견하게 될 수도 있는 법이니 그게 꼭 나쁜 것만은 아니잖은가. 사람은 사람과 어떤 계기로 만나게 되는가보다 어떤 시간을 쌓아 가는지가 더 중요한 법이니까.

*

그날, 우리는 함께 야구 경기를 보면서 롯데로 팀을 옮기게 된, 그녀가 기아에서 가장 좋아했다던 선수 안치홍과 그녀가 생각하는 팀의 말썽쟁이 박찬호와, 실력은 있지만 부상이 잦은 김선빈과, 그녀가 끔찍이 좋아하는 대투수 양현종에 대해 제법 많은 이야기를 나누었다. 워낙 분위기가 좋았기 때문에 뭔가 관계의 진전을 기대하지 않았다고 하면 거짓말이겠지만, 이상하게 야구장을 나선 그 뒤로는 또 한동안 그녀를 볼 수 없었다.

뭐 나야 연락처를 아는 것도 아니고 워낙 먼 데 사는 사람인데다가 같은 모임의 회원으로서 공교롭게 둘만의 시간을 가졌을 뿐, 따지고 보면 그 이상은 아무것도 아닌 사이였으니 뭘 바랄 처지가 아니라는 건 나도 잘

알고 있었지만…… 그래도 뭔가 휑한 기분이 드는 것
은 어쩔 수가 없더라.

인연은 우연이 아닌
노력과 표현의 산물이라고
생각하는 편이라서.

어느 날, 그날의 그 좋았던 기억도 어느새 사라져 버리려 할 때쯤, 그녀는 처음 등장했을 때처럼 또다시 식당에 불쑥 나타나더니 내게 또 야구를 같이 보자고 했다. 그것도 우리 둘이서만.

진짜로요? 저희 둘만요?

나는 기뻐 소리를 치려다 가까스로 자제하며 낮은 목소리로 되물었다.

와, 이번에야말로 뭔가 시작되려는 걸까? 나는 의심의 여지가 없는 데이트 신청에 온종일 너무 설렜지만 그게 다시 한 번 야구장엘 같이 가자는 얘기가 아니었다는 걸 알고는 잠시 당황했다. 나는 그런 식으로 야구를 보자는 건 줄은 꿈에도 몰랐기 때문에.

지금 생각해 보면 그녀의 그 기발하다면 기발한 제안이 모든 것의 시작이 되어 줬는지도 모른다. 처음에는 나랑은 겹치는 부분이 참 없는 사람이라고 지레짐작했었는데. 그런 식의 발상을 할 수 있다는 게 나로서는 신선하기도 하고 놀랍기까지 했다고 할까.

*

앞서, 연애란 건 패턴이 있다고 했었다. 내가 좋아하는 스타일의 사람과 내가 선호하는 연애 방식이라는 게 웬만하면 정해져 있기 때문에, 결국 비슷비슷한 사람을 만나서 비슷한 것들을 하며 시간을 보내기 마련이라고 말이다. 만나는 사람이야 달라져도 결국 둘이 할 수 있는 일이란 그저 같이 밥 먹고 영화 보고 어디 전시회엘 가거나 산책을 하고……. 그러다가 또 밥 먹고 가끔 여행 같은 걸 가고……. 그렇게 할 수 있는 게 정해져 있다고 믿었다. 그런데 다른 게 있었다. 지금껏 살아오면서 난 내가 연애라는 틀 안에서 할 수 있는 건 다 해 봤다고 생각했었는데 아니었다. 그런 방식으로 데이트를 하는 게 가능할 줄이야.

진짜로 처음이었다. 그런 식의 만남은.

그래서 나는 글을 쓸 때
삶에 관한 그 어떤 것도
쉽사리 단정 짓거나 결론 내리지 않는다.

인생은 길고
언제 어떤 것이든 변할 수 있다고 믿으니까.

사람도 마찬가지다.
사람들은 흔히, 사람은 변하지 않는 법이라고
쉽게 말들 하지만

내가 늘 하는 말이 있다.

과연 타인의 변화 가능성을 그리 쉽게 부정하는 사람들이
자기 자신인들 더 나은 사람으로 변화시킬 수 있을까?

어제보다 나은 오늘을 만들어 갈 수 있을까?

그것이 내가
삶의 어떤 작은 부분도
쉬 단정 짓거나 결론 내리지 않으려고 하는 이유다.

인간으로서든
작가로서든.

{ 10 }

누구나 자기가 생각하는 연애의 조건(?) 혹은 상대는 이런 사람이어야 한다는 나름의 기준선이라는 게 있을 것이다. 나 같은 경우 그중에서 제일 중요한 건 대화다. 나는 탁구를 하듯 오가는 말의 핑퐁을 너무 사랑하기에 그게 되지 않으면 친구든 연인이든 사귀기가 어렵다고 의심 없이 믿어 왔다. 평생.

그런데 그런 내게 그녀가 선사한 건 내게 걸맞은 대화 상대가 되어 주는 것이 아니라, 여태껏 경험해 보지 못한 침묵의 모드로 나를 이끄는 것이었다. 처음 야구장엘 다녀오고 나서 얼마 뒤 기아의 중요한 경기가 있었고, 그녀는 내게 또 야구를 같이 보자고 했다. 그래서 난 또 함께 야구장엘 가자는 건 줄 알고 혼자 김칫국을 마시며 들떠 있는데 그녀가 말했다.

아뇨. 야구장 말고 그냥 중계방송 같이 보자고요.

아니, 세상에. 이것은 야구장에 가는 것보다 몇 배는 더 친밀한 이벤트가 아닌가? 중계를 같이 보려면 누군가의 집엘 가야 하니 말이다. 그래서 난 처음에 너무

진도가 이른 것은 아닌가, 근데 우리 집엘 오겠다고 하면 어쩌지, 하면서 혼자 오만 수선을 떨고 있는데 알고 보니 그 사람의 제안은 이랬다. 각자 자신의 집에서 서로 전화 연결이 된 상태로 티브이에서 하는 야구 중계 방송을 틀어 놓고 같이 보자는 것이었다.

음……?

모르겠다. 축구든 야구든 올림픽이든 중요한 경기를 보면서 중요한 순간마다 친구들과 실시간으로 문자를 주고받은 적은 있다. 감탄과 분노와 놀라움 등을 담아. 하지만 각자의 집에서 각자 티브이를 틀어 놓고 경기를 하는 내내 이야기를 나눠 본 적은 없었다. (누가 그런 식으로 운동 경기 중계를 보겠는가!) 그래서 난 처음에 그게 무슨 의미와 재미가 있는 건지, 그게 가능한 일이긴 한 건지 알지 못했다. 더구나 축구는 구십 분이면 끝나기라도 하지, 야구는 족히 세 시간은 넘게 중계를 하는데…… 그 긴 시간 동안 옆에 있지도 않은 사람과 도대체 무슨 말을 해야 한단 말인가. 나는 도무지 막막해서 처음엔 이 이벤트 자체에 의구심이 들 수밖엔 없었으나 막상 그 일을 실제로 해 보곤 깜짝 놀랐다.

11

사람이 야구 중계방송을 보는 긴 시간 내내 떠들 수는 없는 노릇인지라, 더구나 아직 전혀 친하지도 않은 상황에서 처음에 나는 일 분 이 분씩 이어지는 침묵의 순간이 너무 어색해서 견딜 수가 없었다. 누구와 있든 나는, 정적이 찾아오면 그게 꼭 내 책임인 것만 같은 자책감에 평생 시달려 왔다. 그래서 이번에도 나오는 선수마다 벌어지는 상황마다 그에 관한 이야기를 하기 위해 필사적으로 애를 썼다. 실시간으로 소리 안 나게 관련 검색까지 해 가면서.

아, 저 선수 또 저러네요.

사정이 이렇다 보니 데이트도 좋지만 이런 식이라면 너무 피곤해서 다시 이런 시간을 갖기는 어렵지 않을까, 하는 회의감마저 들려는 순간. 내가 또 그렇게 혼자 애를 쓰고 있다는 걸 눈치라도 챘는지 그 사람은 또다시 침묵을 견디지 못하고 말을 꺼내려는 내게 이렇게 대꾸하는 것이었다.

혹시 말 끊기는 게 어색하세요? 침묵을 두려워하는 편?

그 말에 행여 분위기가 어색해질까 봐 필사적으로 말 거리를 찾아 헤매며 대화를 시도하려 애쓰던 나는 그만 머쓱해지고 말았다.

아니, 그렇다기보다…… 그래도 같이 보는 건데 뭔가 말이 오가고 그래야…… 심심하실 것도 같고…….

나는 마치 죄짓다 들킨 사람처럼 쩔쩔매며 해명 아닌 해명을 이어 갔는데, 그런 나의 말을 가만히 듣고 있던 그 사람은 이내 나지막한 목소리로 이렇게 말을 하는 것이었다.

딱히 할 말이 없으면 아무 말씀 안 하셔도 돼요. 그냥 자기 하고 싶은 거 하면서 같이 보면 되는 거죠.

아, 네네. 그럼요. 그래야죠. 안 그래도 저도 그러려고 하고 있었어요. 하하하.

나는 어쩐지 처음 보는 사람에게 내 부끄러운 마음을 들킨 것만 같아 마치 방금 가른 수박 속처럼 얼굴이 빨개지고 말았다.

단풍이란
가을에 나뭇잎이 새로운 색을 입는 것이 아니라
광합성을 위해 그동안 지녔던 엽록소를 털어 내고
비로소 자기 본래의 색을 드러내는 것이라고 한다.

세상 눈치 보지 않고 온전히 자신을 드러내는 일은
얼마나 귀하고 또 어려운 일인 것일까.

12

허나 나 역시 그러자고 하기는 했지만 그렇게 티브이로 같은 걸 틀어 놓은 상태에서 각자 자기 볼일을 보자는 그녀의 제안은 여전히 좀 이상했다. 나 같은 경우 야구 중계방송을 티브이 볼륨을 작게 해서 틀어 놓고선 글을 쓰거나 인터넷을 하는 적도 있긴 하다. 그렇지만 그건 그야말로 혼자 있을 때나 가능한 얘기지, 엄연히 서로 전화 연결이 되어 있는 상태에서 각자 자기만의 시간을 누릴 거면 이 이벤트의 의미는 대체 뭐란 말인가.

나는 또 생각이 많아져서 처음엔 멋모르고 좋아했던 이 이벤트가 나의 예상과는 달라도 한참 다르다는 생각에 실망하게 되었는데, 달랑 하루 해 보고 나서 안 하겠다고 하기도 뭐해 다음번에도, 또 그 다음번에도 같은 식의 데이트(?)를 원하는 그녀의 청을 수락하고 말았다.

그래. 그냥 너 하고 싶은 거 해라, 라는 마음이었달까. 그렇게 한 번 또 한 번 그저 건성으로 수락을 하고 그 일에 동참했을 뿐이었는데, 처음에는 이게 같이 보는 건지 아닌 건지 헷갈리기도 하고 의미도 잘 모르겠던 그 일이, 이상하게도 하면 할수록 뭔가 처음 가져 보는 묘한 기분을 느끼게 해 주는 것이 아닌가.

*

알다시피 축구와 달리 야구는 주 6일 동안 거진 매일 경기가 있기 때문에 우리는 점점 더 자주 그런 식의 데이트 아닌 데이트를 하게 되었다. 그런데 바로 그 누군가와 뭔가를 매일 같이한다는 느낌. 그러면서도 자기 영역이 침범받지 않는 (각자의 자유가 허용되는) 느낌이 뭔지를 한 번도 경험해 본적이 없던 나는, 너무도 일상적이고도 잔잔한, 그러나 무시할 수 없는 파고가 우리 사이에 이는 느낌에 놀라고 말았다.

누굴 한번 만나려면 거의 일주일, 특별한 날이면 무려 한 달 전부터 어디서 만나서 무얼 먹으며 어떻게 시간을 보낼 것인가를 거의 콘서트 준비하듯이 하며 살아온 내게, 대체 이렇게 각자의 자유가 허용되는 일상적이고도 나른한 데이트라는 건 난생 처음 해 보는 것이라 신기하기도 하고, 그러면서도 이게 진짜 데이트가 맞는지 여전히 헷갈리는 이상한 기분이 되었다고 할까?

그 뒤로 나는 점점 더 자주, 아니 솔직히 말하면 거의 매일 야구 경기가 시작되는 저녁 여섯 시 반이 오기만을 기다리게 되었고, 비가 와서 경기가 연기되는 날이나 경기가 아예 없는 월요일을 점점 더 미워하게 되었다.

혹시 침묵이 어색하세요?

나는 지금도, 열심히 그 침묵의 순간을 메우려 사력을 다하던 내게 그 사람이 그 말을 건네던 순간을 잊지 못한다. 행여 둘 사이에 '마'라도 낄까 분주히 검색까지 해 가며 노력하던 내게, 그 사람의 그 한마디는 순식간에 나를 진정시키는 일종의 진정제이자 다독임처럼 느껴졌기 때문이었다.

뭐가 어떻게 됐든 나는 누가 나를 끌고 가야 연애를 할 수 있는 타입의 인간이란 점은 정말이지 변하질 않는 것 같긴 하지만 말이다.

13

앞서 연애의 패턴과 경험에 대한 이야기도 했지만 나는 이렇게 누군가와 매일 뭔가를 같이 해 본 일이 없다. 살면서 적지 않게 누굴 만났지만 내게 연애란 상대와 일상을 같이하는 것이 아니라, 한 번을 만나도 늘 많은 준비와 계획이 필요한 하나의 거대한 이벤트였기 때문이다. 그래서 늘 엄청난 수고가 동반될 뿐만 아니라 정신적으로도 그 모든 걸 무사히 마쳐야 한다는 긴장이 따랐기에 그 일(데이트)을 매일 한다는 건 상상할 수 없는 일이었다. 언제나 만남을 파하고 집으로 돌아오는 길이면 중간에 어디든 차를 세워 둔 채 가까운 편의점에 들러 차게 냉장된 음료수라도 하나 사서 벌컥벌컥 들이켜야만 긴장과 스트레스로 고갈된 속이 채워지는 일종의 하기 어려운 과제와도 같은 일이었기 때문에. 내게 연애란, 또 데이트란 그런 것이었다.

오늘도 무사히 마쳤구나, 고생했어, 수고했어, 하고 스스로를 격려해야 하는 그런 힘든 일.

뭐가 그렇게 힘드냐고? 내게 데이트란 연인과 즐거운 시간을 보내는 일종의 놀이나 여가가 아니다. 어디에서 무엇을 하며 시간을 보낼지 미리 빈틈없이 준비하여 그 모든 계획을 차질 없이 수행해 내야만 하는 일종의 미션과도 같은 일인 것이다. 단지 계획된 시간에 계획된 곳을 가는 것만으로는 부족하다. 약속 장소에서 동반자를 만나 함께 차를 타고 미리 점찍어 둔 곳을 갈 때, 마치 초행길인 것처럼 헤매는 모습을 보여서는 안 되기 때문에 사전에 가는 길을 파악해 두거나 심지어 실제로 차를 몰고 약속 장소로 가 보는 리허설을 할 때도 있다. 함께 있는 동안 나의 신체에서 내가 보여 주고 싶은 모습만을 상대에게 보여 주기 위해 같이 있을 공간의 채광을 미리 파악해 두거나, 두 사람이 앉을 자리의 배치 같은 걸 미리 계산해 두기도 한다. 뿐만 아니라 그날 하루를 지치지 않고 활력 있는 상태로 보내기 위해 체력과 외모를 만드는 등 여러 복잡다단한 과정들이 필요로 되는 너무도 고도의 이벤트라는 것이다. 마치 하루짜리 중요한 운동 경기 대회엘 나가기 위한 과정과 같다고 보면 될까.

*

그만큼 내게 연애란, 또 데이트란 몸과 마음의 소모가 심한 일이었기 때문에 그 일을 일상적으로 매일 한다는 건 가능하지 않았고, 그래서인지 나는 누가 아무리 좋아져도 만난 지 몇 시간이면 집에 가고 싶어지는 성향의 사람이 되어 버렸는지도 모른다. 아무리 좋아하는 감정이 깊어도, 단 한순간도 긴장을 놓을 수 없는 힘든 일이었으니까 그랬을 것이다.

그리하여 내게 연애란 힘든 것, 해내야만 하는 것으로 각인되어 왔는데, 이렇게 매일…… 비록 둘이 같은 공간에 있는 건 아니지만 이렇게 아무런 준비라고 할 것도 없이, 심지어 영상 통화가 아니므로 세수조차 하지 않아도 되는, 이런 세상 편하고도 자유로운 데이트가 가능하다는 사실이 나는 너무도 놀라웠다. 물론 그렇다고 해서 내가 누군가와 연애를 할 때 결코 피해 갈 수 없는 근본적인 문제까지 해결된 것은 아니지만 말이다.

물론 그렇다고 사고가 아예 없었던 건 아니다.

한번은 세수조차 안 한 완전히 거지꼴로
한 손에 휴대폰을 든 채 침대에 옆으로 누워서
평소처럼 각자의 집에서 야구를 보고 있는데
나도 모르게 영상 통화 버튼이 눌리는 바람에
혼비백산한 적이 있었다.

그때 나는
부디 그녀가 내 쓰레기통 같은 방 안과
집에서의 내 지저분한 몰골을 단 1초라도 보지 않았기를
하느님께 빌고 또 빌었지만
누가 알겠는가.
보고도 나를 달래기 위해 못 봤다고 했는지
진짜로 보지 못했는지.

진실은 오직 하느님과 그녀만이 알 것이기에
나는 며칠간 심각한 불안에 떨어야 했다.

14

나에게는 누군가를 만날 때 항시 치명적으로 작용하는, 그러나 결코 피할 수 없는 아주 근원적인 문제가 하나 있다. 그것은, 내게 사랑은 누가 뭐래도 어쩔 수 없이 용량제라는 사실이다. 다시 말해서 내게 감정이란 건 그 크기와 쓸 수 있는 횟수가 정해져 있어서, 같이 시간을 보내는 만큼 관계의 유효 기간이 단축된다고 믿었다는 것이다(실제로도 그랬고). 그래서 나는 누구와 뭔가 시작이라도 하게 되면 만나거나 연락을 하고 함께하는 시간들을 최대한 아끼려는 편이었는데, 그래야 언젠가 다가올 종결의 시기를 가능한 늦출 수 있다는 나름의 처절한 몸부림이었다. 그런 나였으므로 이렇게 매일같이 뭔가를 하는 경험은 처음이었기에, 난 그 순간들이 좋으면서도 당황스럽고 심지어 두렵기까지 했다.

우리에게, 혹은 내게 주어진 용량을 너무 빨리 다 써버리는 것은 아닐까 싶어서.

물론 그 사람과 나는 아직까지 사귄다는 어떤 공식적인 약속도 없는 상황이긴 했다. 그렇지만 항상 미리 앞

날의 어떤 일이든 대비하려는 나의 습성상, 지금 우리
가 보내고 있는 시간이 내가 생각하는 그것이 맞는다
면, 그와 나는 이미 시작이 된 것이리라. 다시 말해 모
래시계의 모래가 위에서 아래로 이미 쏟아지고 있는
상황이 맞는다면, 나로서는 이 나이에 또다시 삼 개월
짜리 연애를 되풀이하기는 싫었기에, 그런 갖가지 두
려움과 걱정은 내게 정당하고 유의미한 것이었다.

물론 그러면서도 이 모든 걱정이 그저 나 혼자만의 김
칫국 마시기는 아닌지 하는 염려도 여전히 놓지 못하고
있던 즈음, 우리가 밟은 다음 스텝은 조립식 장난감 만
들기였다. 그 역시 그 사람이 제안한 것이었는데, 불행
히도 그건 내가 세상에서 제일 못하는 일 중 하나였다.

그즈음, 언제까지나 두 집 생활을 할 수는 없었기에
나는 마침내 새로 구한 앞 동의 아파트로 아예 이사를 해 버
리고 말았다.

당연히, 새집은 새집만의 소음이 있었으므로
완벽한 선택이 될 수는 없었지만
더 이상의 재정적 출혈을 감당하기는 어려웠기에
결단을 내리고 말았다.

한 명의 경험론자이자 매뉴얼 신봉자로서
인생의 여러 분야에 대해 삶의 지침들을 정해 놓고
그대로 실천하며 살아온 내가,
어째서 집을 옮길 때만큼은 꼭대기 층을 구해야 한다는
원칙을 지키지 않았던 걸까.

왜 14층이면 그래도 괜찮을 거라 생각한 건지,
왜 그 집이 힘들어서 구한 두 번째 집조차 꼭대기 층이 아니었
던 건지

나는 나의 그런 안일함에 얼마나 자책했는지 모른다.

삶에 있어서 결코 변하지 않는 것 중 하나는,
매뉴얼을 지키지 않으면 반드시 대가를 치른다는 사실이다.

6부

나는 백치에 가까운 기계치인 데다 손재주가 아예 없다. 정말이지 6세 어린아이도 하는 아주 간단한 조립식 장난감조차 내 힘으로 완성하지 못한다. 심지어 크건 작건 전자 제품이란 걸 사서 켜고 충전하는 것 외에 다른 기능은 써 본 적조차 없을 정도다.

해서 어른이 되고 나서는 결코 자의로는 해 본 적 없던 그 일을 이런 이유로 하게 될 줄이야. 어느 날 그 사람이 말했다.

자기는 손으로 뭔가 만드는 것을 좋아하고 잘한다고. 그러니 같이해 보지 않겠냐고.

그 말을 듣고 나는 좋다고, 같이해 보자고 반갑게 대꾸하는 한편 속으로는 이런 걱정을 했다.

뭔가를 손으로 만드는 건 내가 세상에서 제일 못하는 일인데 어쩌지.

하지만 야구 보는 것 말고도 우리가 뭔가 같이할 수 있는 일이 있다면 좋은 게 아니겠는가. 우리가 두 번째로 같이하게 된 일이 하필 조립식 장난감을 만드는 일이라니 운명이 얄궂다는 생각은 들었지만 말이다. 다만 내가 그 일을 잘하든 못하든 중요한 건 둘이서 뭘 만들려면 이번에야말로 전화가 아닌 진짜 공간에서, 그것도 단둘이서만 있어야 했기에 또다시 침을 꼴깍 삼키도록 긴장하고 있는데 이 사람, 번번이 사람을 놀라게 하는 재주가 있다. 그녀가 함께 뭘 만들기 위해 나를 불러낸 곳은 그의 집도 나의 집도 아닌 바로 그 식당이었던 것이다. 그러니까 나의 기대와는 달리 그 일은 우리 둘만의 로맨틱한 이벤트가 아니라, 그날 그 식당에 들른 모든 이를 위한 것이었다고나 할까. 게다가 사람이 스케일은 또 어찌나 큰지, 난 조립식 비행기라길래 기껏해야 아이 팔뚝만 한 정도의 크기를 예상했을 뿐인데, 그 사람이 주문했다는 비행기의 각종 부속물이 담긴 상자는 어지간한 성인 한 명의 몸집과도 맞먹을 만큼 거대했다.

*

약속 시간이 되자 곧 식당에 들른 이 사람 저 사람이 붙어서 단체로 커다란 비행기 하나를 만들게 되었다.

말이 장난감이지 그녀가 그 복잡하고 크고 정교한 물건을 이리저리 능숙하게 조립하며 다른 사람들에게 이렇게 해라 저렇게 해라 지시 내리는 모습을 보고 있자니, 나는 문득 그런 생각이 들었다. 지금 이 순간만큼은 그녀가 이곳의 주인, 다시 말해서 이 공간의 어떤 지배자처럼 느껴졌던 것이다. 남녀노소 여럿이 달라붙어 장난감이라기엔 어린애 몸보다도 큰 비행기를 만드는 이 작지 않은 프로젝트에서, 그녀는 그 비행기 제작의 전체를 책임지는 명실상부한 지휘자였기 때문에.

그러다 보니 나는 또 문득, 누군가 이 공간을 지배하는 사람이라는 데에 생각이 미치자 요즘 잠시지만 잊고 있던 일 하나가 내 머릿속에서 다시금 스멀스멀 떠오르는 것을 느꼈다.

아, 지금 내 앞에 있는 저 사람이 이 비행기의 주인만이 아니라 내가 찾던 그 사람, 바로 이 식당의 주인이자 위층 집에 사는 사람이라면 얼마나 좋을까. 당신이 소음으로 나를 지배하고 냉면으로 나를 옭아매도 좋으니 그게 당신이라면, 그래서 우리가 만난 거라면 나는 기꺼이 행복할 텐데.

나는 나도 모르게 마음속으로 탄식했지만, 그런 일은 애초에 벌어질 수가 없었다. 다시 말하지만 저 사람은 이 식당에 드나드는 사람 중 하필이면 내가 찾는 사람과 가장 거리가 먼 인물이었으니까. 다른 건 다 제쳐두더라도 냉면을 먹지 못하는 사람이 냉면집 주인일 리는 없는 노릇 아니겠는가.

아무튼 첫 번째 스텝 치고는 생각 외로 친밀한 둘만의 이벤트였던 '각자의 집에서 함께 야구 보기' 이후 걱정하던 두 번째 스텝 역시 큰 탈 없이 무사히 넘기고 나자, 나는 이제야말로 그 일을 해야 할 때가 되었다고 생각했다. 생면부지의 남남이었던 두 사람이 같은 공간에서 나란히 앉아 영화를 봄으로써 더 이상 남이 아니라고 선언하는 그 고전적인 이벤트를 말이다.

나는 옛날 사람.
영화를 같이 본다는 것은
프러포즈에 준하는 이벤트로
받아들이는 경향이 있다.

단둘이 극장에서 영화를 본다는 것은
결코 평범한 사이는 아니라는 방증이요
장차 평범 이상의 관계를 예비하게 되는
일종의 전조가 되는 이벤트라는 것이다.

이제 비로소 그것을 하게 되었다는 것.

{ 2 }

우리가 처음 단둘이 극장에서 함께 본 영화는 윤아와 조정석 주연의 〈엑시트〉였다. 그 사람이 영화에 큰 관심이 없다는 것은 알고 있었지만, 나로서는 둘이 극장에서 나란히 앉는 순간이 꼭 필요했고, 그녀 역시 당시 사람들도 많이 보고 평판도 좋은 영화였기 때문인지 내 청을 흔쾌히 받아들여 약속을 잡게 되었다. 우리는 용산 아이파크몰에 있는 CGV에서 저녁 7시 30분에 시작하는 영화를 보기로 했기 때문에 끝나고 나서 함께 식사하리라 기대할 수 없는 상황이었다. 그렇다고 그 전에 미리 만나 밥을 먹자고 하기에도 아직은 용기가 나지 않아서, 난 건물 식당가에 미리 들러 혼자 밥 먹을 요량으로 약속 시간보다 삼십 분쯤 일찍 도착하게 되었다.

그런데 용산 아이파크몰 그 넓은 주차장에 차를 대고 건물 안으로 들어가 밥을 먹고 식당가를 서성이고 있던 나는 상당히 의아한 장면을 목격하게 된다. 그녀 역시 나와 같은 생각으로 미리 요기를 한 건지는 모르겠는데, 냉면을 먹지 못한다던 사람이 홀로 냉면집에서 나오는 장면을 우연히 보게 된 것이다. 일행이라도 있었으면 남이 먹는 데 같이 있어 준 거라는 추측이라도 가능했을 텐데. 그녀는 혼자였고 혼자 냉면집에서 나온다는 건 그 집 냉면을 먹었든 다른 무엇을 했든 아무튼 냉면에 볼일이 있었다는 얘기밖엔 되지 않기 때문에 난 더더욱 의아했다.

그 사람이 처음 식당에 나타나던 순간이 떠올랐다. 키가 엄청 큰 못 보던 여성이 갑자기 들어오더니 물어보지도 않았는데 자기는 냉면을 전혀 못 먹는다며 무슨 맛으로 이걸 먹는지 모르겠다고 하면서 웃던 모습 말이다. 물론, 실제로 먹는 장면을 본 것은 아니기 때문에 그가 거짓말을 했다고 아직 단언할 수는 없다. 그렇지만 뭔가 이상하게 느껴지는 장면인 것만은 분명하지 않은가. 때문에 그날 그 사람과 만나서, 어쩌면 내 기준의 제대로 된 첫 번째 데이트라는 중대한 거사를 앞둔 마음이 복잡해지는 것은 어찌할 도리가 없었다.

*

나는 냉면집에서 나와 (아마도) 극장으로 향하는 사람을 굳이 부르지 않고, 다른 길로 돌아 7층 극장 로비로 올라가 그녀를 만났다. 그러고는 마치 오늘 당신을 처음 본다는 듯 시치미 떼며 인사를 건넸다. 그녀는 전보다 한층 더 내가 편해졌는지 더없이 활짝 웃으며 나를 반갑게 맞았다. 그런 그녀가 어쩐지 조금 어색했지만 표는 내지 않은 채 나는 그녀를 따라 상영관 안으로 발길을 옮겼다.

3

영화는 윤아와 조정석의 열연 덕분인지 무척 재미있었다. 사실 냉면 때문에 생긴 의구심을 잠시나마 잊을 수 있었던 건, 영화가 재미있었다는 이유도 있지만 영화가 시작되기 직전 벌어진 작은 사건 때문이었다. 나는 잇몸이 약해서 식사를 마치자마자 양치를 해야 한다. 그래서 영화 시작 직전 마침 박찬욱관 쪽 화장실이 비어 있길래 그리로 가서 서둘러 양치를 마친 후 뭔가 모를 노파심에 가방에 챙겨 갔던 향수를 몸에 뿌렸다. 그러고는 뭔가 불안한 마음에 한 번 더 뿌린 뒤, 거기까지도 그렇다 치는데 무슨 노망이 났는지 또 한 번 더 뿌리고는 상영관 안으로 들어갔다. 혹 입에 치약 냄새라도 남아 있을까 봐 불안해서 그랬을까? 나도 내가 왜 그렇게까지 했는지는 잘 모르겠는데, 그렇게 향수 범벅이 되어서 들어갔으니 옆에 앉은 사람에게는 얼마나 냄새가 진동했겠는가. 아니나 다를까 불이 꺼진 상영관에 들어가 조심조심 옆자리를 찾아 앉는데, 그녀가 결코 작지 않은 소리로 내게 그러는 거다. 와, 이 향수 뭐예요? 그리하여 나는 영화고 냉면이고 간에 얼굴이 다시는 회복될 수 없을 만큼 빨개지고 말았던 것이었으니.

이런, 나이를 아무리 먹어도 여전히 멍청한 바보 천치 녀석 같으니라고.

그때 나는, 상대가 대번에 알아챌 정도로 무지막지하게 향수를 뿌려 댄 나의 행동이 너무나 촌스럽게만 느껴졌고, 그런 나의 부끄러움을 눈치챘는지 그녀는 나를 위로하려고 애를 썼다. 아니, 좋아서 그래요, 좋은 냄새라서요. 이거 혹시 르라보 아니에요? 하지만 그녀가 그러면 그럴수록 나는 더욱 부끄러워져서 영화 초반에는 내용이 어떻게 흘러가는지, 그녀는 대체 왜 냉면집에서 나왔는지 등의 일들은 까맣게 잊고 말았다.

나는 내 머리가 나쁘다는 사실이 가끔은
식은땀이 날 만큼 무섭다.
정말로 이해가 가지 않을 정도로
이상한 행동을 할 때가 있기 때문에.

그나마 위안이 되는 건
본인의 머리가 좋지 않다는 사실을
본인이 잘 알고 있다는 점인데

세상은 이런 식의 자각을
'자기 객관화'라고 부르더라.

4

그렇게 움츠러든 나의 마음은 윤아와 조정석이 우습고도 씩씩하게 재난 상황을 돌파하는 모습을 보면서 조금씩 풀려 갔다. 지금 와서 돌이켜보건대, 만약 그때 우리가 처음 함께 본 영화가 〈엑시트〉가 아니라 다른 작품이었다면, 우리의 운명은 엇갈렸을지도 모른다. 영화 속 두 사람이 고난 속에서도 서로를 의지하고 돕는 모습을 보면서, 마치 지금 우리도 저런 위험하고 고독한 상황 속에 한 팀으로 던져진 것만 같은 기분이 들었기 때문이다. 나만 그렇게 느꼈는지는 모르겠지만 말이다.

그래서 그랬을까. 영화를 보는 동안 그녀가 자주 웃으면서 내 귓가 근처로 얼굴을 돌려 방금 그 장면 뭐였어요? 하고 두어 번 작은 소리로 물어봐 주기도 하고, 때로는 마치 같이 보러 온 사람의 존재는 잊은 듯 몸을 앞으로 기울인 채 화면에 몰입하는 모습을 보면서, 나는 왠지 모르게 영화 시작 전 가졌던 이런저런 의문과 자책, 그리고 그 밖의 오만 근심 걱정들이 다 사라지는 느낌이었다.

편하다. 이 사람하고만 있으면 편해…….

그것은 내가 누군가와 소위 말하는 데이트라는 걸 하면서 단 한 번도 느껴 보지 못한 감정이었다.

연애라는 게 긴장하고 애를 써야만 하는 일이 아니라 이렇게 편하고 이완된 상태에 놓일 수도 있는 일이었구나.

*

덕분에 나는 영화가 중반으로 접어들면서 점점 더 여유를 찾을 수 있었는데, 결말로 치달을 때 즈음엔 그녀가 냉면을 먹었든 안 먹었든, 내게 거짓말을 했든 안 했든, 내가 향수를 얼마나 뿌렸든 간에 지금 내 옆에 있는 사람 덕분에 참으로 오랜만에 느껴 보는 어떤 감정을 멈출 수 없을 것만 같은 불길한 기분에 사로잡히고 말았다.

왜냐하면 난 누가 좋아지면 그 사람의 손이 잡고 싶어지는데 영화가 끝을 향해 가면 갈수록 나는 마치 피가 그리운 좀비마냥 견딜 수 없을 정도로, 이상하리만치

그녀의 손이 잡고 싶어 미치겠는 상태가 되어 버리고
말았던 것이다.

그러한 감정은 동시에 내게 현실을 일깨우는 하나의
장치로도 작용하고 있었다.

내가 지금 이러고 있을 때가 아닌데…….
지금 한가롭게 연애나 하고 있을 때가 아닌데…….

5

그 여자다.

그 여자 맞아.

한편, 그날 영화 관람을 마치고 집으로 돌아가는 길. 전화로 내게서 그녀가 냉면집에서 나오더라는 애길 들은 한 친구는 확신에 차서 소리쳤다. 위층 층간 소음 때문에 내가 얼마나 고생을 했으며, 내가 그 식당에 왜 드나들었는지, 어쩌다 점까지 보러 가게 됐는지 누구보다 전후 사정을 잘 아는 친구였다.

아니면 왜 냉면 먹는 걸 숨긴 건데?

친구는 아직 확실한 건 없지 않냐며 수긍을 하지 못하는 내게 되물었고 나는 대꾸했다.

그거야 모르지. 그리고 냉면 먹는 걸 본 건 아냐. 그냥 냉면집에서 나오는 걸 본 거지…….

나는 내 입으로 말을 하면서도 그런 나의 대꾸가 궁색해 말끝을 흐렸다. 어쩐지 내가 아닌 다른 사람이 그녀를 무슨 범인 취급하는 게 거슬려서 그랬던 건지도 모른다. 사실 친구에게 말은 안 했지만 나는 보았다. 그녀가 냉면집 문을 나서면서 손에 들고 있던 지갑에 뭔가를 찔러 넣는 장면을. 그게 카운터에서 자기가 먹은 음식값을 계산한 다음 카드를 지갑에 도로 넣는 장면이 아니면 뭐란 말인가.

그런 나의 마음을 알 리 없는 친구는 상황을 애써 부정하려는 내게 계속 말했다.

야, 생각을 해 봐라. 그 식당 주인 돈 별로 관심 없댔지. 그래서 동네 아이들도 봐주고 각종 문화 활동이랑 봉사 활동도 하는 거 아니야. 그러면 그렇게 돈도 필요 없고 남을 돕는 일에만 관심 있는 사람이 필요한 게 뭐겠냐.

뭔데?

아, 보람 말고 더 있냐고. 그런 사람이 자기가 하는 사업장에 갖은 모임 만들어서 활동하게 해 놓고 정작 자기는 안 나타난다? 자기가 만든 음식을 사람들이 맛있게 먹는 걸 보러 오지 않는다? 그게 말이 된다고 생각

하냐? 그걸 자기 눈으로 봐야 보람이고 뭐고 느껴지는
건데.

*

모르겠다. 나도 석연치는 않지만 그렇다고 해서 그녀
가 갑자기 사장이라니. 단지 냉면집에서 나오는 걸 한
번 봤을 뿐인데 정황상 모든 의심이 갑자기 한 사람에
게로 집중되는 상황을 난 선뜻 수긍하기 어려웠다. 친
구는 다시 내게 말했다.

아니, 겁나 잘 맞혀서 점 한 번 보려면 이 년씩 기다려
야 하는 너네 보살이 그랬다며. 니가 찾는 사람이 지금
네 앞에 있다고. 근데 왜 딴 데 가서 헤매고 있냐고.

그랬지.

그게 지금 딱 너희 둘을 얘기하는 거잖아. 아니면 또 누
가 있는데. 네 앞에 지금 그 사람 말고 또 누가 있냐고.

아 왜 없어. 매니저님도 있고 영화 모임의 회장 아저씨
도 있고…….

나는 내가 생각해 봐도 가능성이 흐릿한 이야기들을 거듭했고 그렇게, 중언부언을 거듭하던 나를 받아 주던 친구는 홀로 키우는 딸아이를 재우기 위해 전화를 끊었다. 그리고 그날 밤. 나는 집에 도착해서 컴퓨터를 켜고 인터넷에 접속해서야 뜻밖의 사실을 알았다. 그 사람의 집이 있다는 경기도 오산에서 이곳 식당이 있는 곳까지 오려면 지하철을 타도 소요 시간이 무려 두 시간에 육박한다는 사실을 말이다.

아니, 그럼 왔다 갔다 왕복 네 시간을 허비해 가면서 맨날 이 식당에 들르고 있었다는 얘기인가?

그건 정말 의외의 사실이었다. 평소 오산의 아파트가 수도권이다 어떻다 하는 광고를 종종 봐서 그랬는지 이렇게까지 시간이 걸리리라고는 생각하지 못 했었기에.

정말로 집이 오산인 게 맞을까? 왜 거의 매일 야구를 같이 보다시피 하면서도 누구 집이든 방문하자는 얘길 꺼내지 않는 걸까.

그때, 다시금 내 마음속에서 피어오르는 의구심들을

들기라도 한 듯 친구의 말이 들려오는 것만 같았다.

그거야 자기 집이 바로 너희 윗집이니까 그렇지.

나는 마치 방금 통화를 마친 친구의 목소리가 바로 귓가에 들려오는 듯해 엷은 소름이 다 돋았다.

아이고 말도 안 돼.
그건 너무 간 얘기였다. 누가 무엇 때문에 그런 수고를 할까.

야, 내 말 잘 들어.

오산에 사는 직장인이 일요일 밤에 서울 용산에 있는 극장
에 가서 영화를 볼 것 같냐?
그리고 오밤중에 그 먼 오산 집으로 돌아간다고?
말이 되는 소릴 해라. 좀.

하지만 나는 정말 잘 모르겠다.
정말로 그 사람의 집이 오산이 아니라면
대체 무엇 때문에 그런 걸 속인단 말인가.

6

다음 날 밤. 평소처럼 그 사람한테서 전화가 왔다. 그러고 보니 오늘은 야구 경기가 없는 월요일. 대신 밤 아홉 시면 한 주의 야구를 논하는 〈주간 야구〉가 하는 날이다. 매일 야구를 챙겨 보면서도 이런 프로가 있는 줄은 몰랐었다. 우리는 그날도, 그 사람이 알려 준 방식대로 전화로 연결된 상태에서 각자의 집에서 같은 프로그램을 틀어 놓고는 각자의 볼일을 봤다. 그녀가 뭘 하면서 야구 프로그램을 보는지는 몰랐지만, 나는 평소처럼 화장실도 가고 물도 마시고 글도 썼다. 물론 우린 간간이 이야기를 나누기도 했는데, 때때로 그녀가 평소보다 유독 말이 없는 것 같을 때면 난 그런 생각을 했다. 혹시 내가 의심하고 있는 걸 눈치라도 챈 걸까?

당연히 그럴 리는 없을 것이다. 아직은 이 모든 게 나와 친구의 망상일 뿐. 분명한 건, 그녀를 생각하는 내 마음이 아무리 걱정과 의심으로 얼룩진다 해도, 이제 나는 더 이상 전과 같은 사람일 수는 없게 되었다는 것이다. 이제 난 더 이상 우리 사이에 찾아오는 침묵이 불편하지도, 내가 그 침묵을 깨야 한다는 부담감을 느끼지도 않게 되었다는 것. 아마 앞으로도 누구와 있든 더 이상 타인과 대화할 때 정적의 순간이 찾아온다 해도 전처럼 조바심 내거나 힘들어하지는 않을 거라는 것. 이제 난 그 고요함을 즐길 줄 아는 지혜와 인내를 터득하게 되었다는 것.

세상에, 서로 별말 하지 않아도 뭘 같이하고 있다는 게 이렇게 특별한 느낌을 줄 줄이야.

*

그건 마치 자신이 사랑하고 믿는 누군가에게 몸의 아주 일부만 기댄 채 잠을 청하는 반려동물이 된 것만 같은 기분이었다. 지금 내 살이 닿아 있는 이 존재가, 내게 완벽히 편안하고 무해한 사람이라는 믿음이 있지 않은 한 도달하기 어려운 상태였기에.

마음이든 몸이든 조금이라도 닿아만 있으면 되는, 그것으로 충분한 관계.

모두 그가 내게 알려 준 것들이었다.
그 사람이 아니었으면 평생 알지 못했을 귀한 순간과 감각들. 느낌들. 기분들.

나는 집에서 영화나 책을 보다가
너무 좋은 대목을 만나면
그 순간
책을 덮거나
보던 화면을 정지시킨다.

아까워서.
이 좋은 순간을 조금이라도
오래 간직하고 싶어서.

하지만 일시 정지가 불가능한 현실에서
그런 좋은 순간과 맞닥뜨릴 때면
우리가 할 수 있는 일은
뭐가 있을까.

아마도 사람들은
그래서 술을 마시고
글을 쓰고
사진을 찍는 거겠지.

{ 7 }

그럼 이제, 내가 그에게 가졌던 약간의 의구심이 어떻게 사라지게 됐는지 말해야겠다. 이것은 분명 사랑과 두려움이 동의어인 어떤 사람의 이야기가 될 것이다.

한마디로, 그녀에 대한 내 마음이 커져 가면서 동시에 든 어떤 걱정이 다른 모든 걸 압도하게 되었다고 할까.

나는 지금도 잊을 수가 없다. 그날, 용산 CGV에서 누군가와 영화 한 편을 보고 거기 상영관들이 몰려 있는 로비 쪽 계단에 둘이 앉아서 멍하니 한숨 돌리고 있을 때, 문득 들었던 그 좌절의 심경을. 그 이유는 혼자서는 도저히 도달할 수 없었던 어떤 정신적 안정감이 나를 감쌌기 때문이었다.

왜 그것이 기쁨이 아닌 좌절이었을까. 누군가와 만나 뭔가를 하는 것에 회의를 느끼다가, 이제는 혼자서도 잘 살고 싶고 그래야 한다고 느껴서 나름대로 노력한 끝에 이제 겨우 조금 그게 가능한 사람이 된 터였다. 항상 누군가 옆에 있지 않으면 안 된다는 의존적인 상태에서 벗어나 혼자서도 씩씩하게 살아갈 수 있어야 한다고 다짐하고 그렇게 되었다고 믿고 나름대로 잘 살고 있었는데. 막상 또다시 의도치 않게 누군가 좋아져서 이렇게 서로의 마음과 관심사를 나누는 사람이 생겼을 때의 이 충만감. 어떤 합일감. 한마디로 정서적 안정감이 내가 홀로 보낸 어떤 시간에서도 느낄 수 없던 것이라 나는 좌절했던 것이다.

왜.
타인으로부터 받는 이 모든 것은 유한하므로, 언제고 관계가 끝나면 그 모든 것도 함께 소멸할 것이기에.

*

물론 나뿐만 아니라 사람이라면 누구든 감정이라는 것에, 특히 연애 감정이라는 것에 유효 기간이 있을 것이다. 하지만 나는 내가 쓴 책을 통해서도 여러 차례 밝혔듯, 그 유효 기간이란 것이 남들보다 유난히 짧다는 것이 고민이었다. 뭐 어딘가엔 감정의 순간성을 부정한 채 영원에 가까운 지속성을 믿고 욕망하는 사람들이 여전히 있겠지만 현실은 어디 그런가? 얼마 전에 티브이에 나온 어떤 연예인이 배우자에 대해 "15년을 같이 살았는데 무슨 좋은 애길 할 게 있겠어요."라고 말하는 장

면을 보면서, 여전히 나는 그런 게 슬프달까. 15년을 볼
거 못 볼 거 다 보면서 같이 지냈어도, 그래도 여전히
서로가 좋은 사람들이, 아직도 서로에게서 좋은 구석을
발견할 수 있는 사람들이 어딘가엔 있을 거라 믿는 순
진함을 나라고 좋아하는 편은 아니다. 그렇지만, 왜 정
말 사람은 그러기가 어려운 것일까. 왜 그토록 서로 마
음을 나눌 수 있는 순간들이 짧으며 왜 굳이 새로운 존
재와 만나야만 하는 것인지 나는 이 나이에도 여전히
그런 게 의문인 것이고……

그래서, 결혼이란 것도 "결혼하면 진짜 키스 같은 거
안 하게 돼요?"라고 물을 정도의 순진함과 비현실성을
간직하고 있어야만 가능한 이벤트라고들 했던 게 아닌
가 싶기도 하고……. 그래서 그와 관련해서 사람들이
하는 말 중에 내가 정말 듣기 싫어하는 말도 그거 아니
던가. 가족끼리 스킨십하는 거 아니다, 어쩌고 뭐 그런
말들. 물론 그 말 자체는 정말 듣기 싫은 말이지만, 그
모든 말은 다 둘이 사랑해서 오래 붙어 있으면 언젠가
그 사랑과 욕망의 불씨가 꺼지기 마련이라는 연애 관
계의 극도의 유한성, 혹은 순간성을 보여 주는 사례들
일 것이기에, 나는 그런 말들이 싫고 그런 현실이 싫어
또 피하고만 싶었는지도 모른다.

나는 왜 그런지 이성과의 관계를 처음 맺기 시작했던 그 어린 나이 때부터, 그런 감정과 관계의 소멸에 대한 두려움을 깊이 간직해 왔다. 그건 내가 가진 여러 정신 적인 문제 중에 상실에 유난히 취약한 특성이 있는 경계선 인격장애라는 병이 있기 때문인지도 모른다. 그래서 누굴 만나든 여지없이 나의 마음이 상대보다, 또 남들보다 훨씬 빨리 수명이 다하는 이유도, 언젠가 관계의 종말이 찾아와 버려지는 신세가 되기 전에 내가 먼저 마음을 닫으려는 두려움의 소산인지도 몰랐다. 그러면 고통과 충격이 덜할까 싶어서 작동하는 일종의 방어기제랄까.

물론 그런 추측이 맞든 맞지 않든, 감정의 생성과 소멸은 내 의지로 어찌 할 수 있는 게 아니었기에 나중에는 차라리 그런 생각이 들었다. 누굴 만나서 결국엔 헤어지는 그런 일 자체를 이제는 그만하고 싶다고. 그리하여 결국엔 그냥 혼자 잘 살자고 결심했던 것인데…… 언제 인생에서 결심이라는 게 그렇게 큰 의미를 가진 적이 있었던가?

8

결혼 같은 거 절대 하지 않을 거라던 나는 왜 누구보다 먼저 결혼을 했으며, 다시는 안 하리라 결심했으면서도 시간이 흐르면서 어째서 또다시 누군가와 함께 살고픈 유혹을 느껴야 했을까. 그러면서도 그 오랜만의 유혹이 무색하도록 그 마음 역시 마치 예외는 없다는 듯 휘발되어 버리고 말아야 했던가. 하여 그런 나라는 인간에 대한 회의와 경멸조차 새삼스러웠던 그 모든 시간을 지나, 예상을 했든 못했든 또다시 이렇게 누군가와 나란히 앉게 된 상황에서 내게 드는 걱정과 두려움이 무엇이겠는가.

언제나 똑같다. 내가 누굴 자꾸 생각하게 되면 피해 갈 수 없는 두려움은, 지금 느끼는 이 모든 순간의 소멸이다. 이, 오로지 타인만이 줄 수 있는 따뜻한 온도와 안정감은 아주 일시적일 뿐일 거라는 것. 그래서 그 사실을 잠시도 잊지 말아야 한다고 주문처럼 자꾸 되뇌게 된다는 것.

다만 이번엔 조금 다르긴 해서, 일상을 같이 나누면서 각자의 시간을 보내는 새롭고 신선한 경험도 하고는 있지만…… 그것도 다 유효 기간이 있어서 단지 다른 관계보다 이 순간들을 좀 더 길게 해 줄 뿐이지, 끝이 오지 않는 건 아니지 않은가. 그리하여 언젠간 이 순간도 더 이상 신선하지 않고 시들해질 게 뻔했기에…… 그러면 또다시 터덜터덜 서로에게로 왔던 길을 되돌아 각자의 지점으로 돌아가야 할 것이기에…… 나는 그 모든 게 여전히 두렵고 받아들이기가 어려웠던 것이다.

그리하여 언젠가 이 지극했던 마음이 엷어지고…… 서로에게 등을 기대는 일도 줄어들고 서로의 존재가 점점 더 익숙해지고…… 그래서 소중한 줄 모르게 되고…… 그러다 마음이 점차 무뎌지다 소멸하고…… 끝내는 새로운 존재가 눈에 들어오거나 혼자만의 시간을 갈구하게 되는 이런 일들. 이제 나 되풀이하고 싶지 않은데. 그만하고 싶은데.

그러니 어쩌면 좋겠는가.

오랜만에 느껴 보는 누군가와의 호흡이 이렇게나 눈물겹도록 따뜻하고 은은하게 좋은데. 어떡하면 하루라도 더 이 좋은 시간을 연장할 수 있을까 고민이 되는데. 당신과 나…… 조금이라도 더 오래 이 마음과 이 순간을 함께하면 좋겠는데.

*

그것이 바로 사랑과 두려움이 동의어인 한 사람의 고민이자 곧 우리 관계의 시작이었다.

두려워지기 시작했다는 건 누군가 내 마음에 들어오기 시작했다는 것이고, 그렇다는 건 언젠간 종료에 이를 타이머가 이미 작동하기 시작했다는 뜻이기도 했기 때문에, 그 밖의 다른 모든 것은 상관없어져 버리고 말았다고 할까.

온 마음을 다해

지키고 싶은 것이 생기면 사람은

1. 외로워진다

2. 용감해진다

3. 두려워진다

4. 부지런해진다.

5. 청결해진다.

6. 잠이 줄어든다.

7. 입맛이 좋아진다.

8. 웃음이 많아진다.

9. 염려도 많아진다.

10. 기타 등등

11. 가끔 행복해진다.

그럼에도 불구하고 운명의 날은 오고야 말았다. 인사동 초입에 있는 '조금'이라는 솥 밥집에서 둘이 저녁을 먹고 난 시간이 여덟 시 오십 분. 아직 그날의 야구는 계속되고 있었기 때문에 우리는 근처 카페로 자리를 옮겨 휴대폰의 볼륨을 줄인 채 함께 야구를 보았다. 그러다가 기어이 경기가 끝나기 전엔 헤어질 수가 없어 내 차로 자리를 옮겨 계속해서 휴대폰으로 중계방송을 보던 어느 날.

나는 더 이상은 참을 수가 없었다. 처음 둘이 야구장에 갔을 때부터, 그다음에 극장에서 〈엑시트〉라는 영화를 볼 때도, 보름에 한 번씩 얼굴을 보며 떨어져 있는 동안에도, 이상하리만치 강렬하게 들던 그 생각.

세상에, 연애 한두 번 해 보는 것도 아니면서 사람 손이 대체 왜 그렇게 잡고 싶던지.

그랬다. 설명할 수 없는 일이었다. 보고 싶다도 아니고 저 사람 사귀고 싶다도 아니고 그냥 손이 너무 잡고 싶었다. 물론 바보가 아닌 한 그게 무엇을 의미하는지는

다 안다. 손은 그 모든 걸 의미한다는 것을.

*

그리하여 그날, 둘이 좁은 식당 방 한편에 마주 앉아 잘 익은 해물이 가득 담긴 뜨끈한 솥 밥으로 저녁을 먹으면서, 또 그 생각이 솟아오르는 걸 느꼈지만 나는 여전히 두렵고 주저되었다. 오늘은 말을 해야 하지 않을까? 안 그러면 더는 참을 수 없을 것 같은데. 하지만 정말로 둘이 손을 잡게 되면 그때부턴 진짜로 되돌릴 수 없는 관계의 시작이 되는 것이기 때문에, 나는 입이 쉽게 떨어지지 않았다. 그리고 들었던 참으로 나다운 생각 하나.

이 관계가 영원히 끝나지 않으려면 아예 시작을 하지 않는 것도 좋은 방법이 아닐까? 영원히 시작하지 않으면 끝도 영영 오지 않을 테니까.

언제나처럼 나는 그런 미련한 생각도 하고 있었기 때문에……

*

단둘이 밥을 먹는 것도, 영화를 보거나 야구장엘 가는 것도 관계의 시작이 아니라고 할 수는 있다. 그렇지만 손은 다르다. 적어도 손을 잡는 행위만큼은 정말이지 특별한 사이가 아니고서는 도저히 할 수 없는 일이라 나는 믿었기 때문에, 지금 여기서, 내 마음을 털어놓아서, 이 사람과 손을 잡음으로써, 또다시 끝이 있는 길을 걷기 시작할 것인가. 그래야만 하는가. 하지만 나만 참을 수 있다면, 인내할 수 있다면 그냥 이렇게 이런 사이로 오래 함께할 수도 있지 않을까. 이런 복잡한 생각들로 머리가 터질 것 같던 그때 그녀가 내게 말했다. 정독도서관 근처에 있는, 상그리아가 맛있던 어느 카페를 막 나선 후의 일이었다.

우리 손 잡을래요?

이런 이런 큰일이었다.
이렇게 또 한 사람을 마음에 두게 되어서.
내가 그토록 두려워하던 걸 막을 길이 그렇게 사라지고 말아서.

애초에 막을 수가 없는 길이었다고 누군가 선언이라도 하듯, 순간은 그렇게 다가오고야 말았다.

———

우리 그렇게
서로가
서로의
거울이
되어 가다
가끔은
아예 하나가 되는 것도
좋겠지.

그렇게 오래
가끔씩 하나가 되면서
따로 또 같이 살 수 있다면
너무 좋겠지.

7부

예민한 사람의 머릿속은 좀처럼
마음의 평화를 용납하지 않기 때문에
신경 쓸 거리를 끊임없이 찾아다닌다.

{ 1 }

그렇게 해서 나는 또 한 번의 시작을 하게 되었다. 다만 나는 무책임한 연애를 하고 싶지는 않았기 때문에 본격적으로 시작하기 전에 내가 어떤 사람인지 미리 알리고 싶었다.

왜 그런지는 모르겠지만 저는 연애를 하면 감정이 남들보다 빨리 사라지는 편이에요. 그래서 말씀인데…….

나는 그렇게 나를 설명했다. 내가 당신에게 해 줄 수 있는 것과 없는 것에 대해. 내가 약속할 수 있는 것과 그럴 수 없는 것에 대해.

물론 사람이 어떻게 바뀔지 모르는 거라 생각하실 수도 있겠지만…… 저는 한 사람이 성인이 되어 수십 년 넘게 살면서 쌓아 온 데이터라는 건 결코 무시할 수 있는 성질의 것은 아니라고 생각하거든요. 그래서 말씀인데 연락을 자주 하거나, 너무 자주 만나고, 너무 표현 같은 거 많이 하고…… 그런 건 피했으면 좋겠어요. 제가 조금 앞서 나가는 듯해 민망하기도 하고 어이없어하실 것도 알지만, 저는 뭔가를 시작하는 그 순간부터 조금도 쉬지 않고 늘 끝을 생각하고 걱정하는 사람이라서요. 그렇게 한다고 해서 그게―끝이―오늘 걸 막을 수는 없겠지만……. 그래도 조금은 늦출 수 있지 않을까……. 너무 빨리 허무하게 헤어지는 것보다는 그게 낫지 않을까 해서요.

난 이제 막 내 손을 잡은 사람에게 어렵사리 터놓는 나의 고백이 결코 거짓이 아니라는 걸 증명하기 위해 내가 겪었던 여러 일을 이야기해 주기도 하고, 며칠 뒤에는 오랫동안 써 온 일기장을 보여 주기도 했다. 그중 어떤 것은 일기가 담긴 노트 자체가 사랑과 관계와 그밖에 이 세상과 삶의 모든 유한한 것들에 대한 하나의 크고 거대한 흐느낌이었다.

그러니 이 모든 게 이해가 잘 가지 않으시더라도, 이건 결코 과장이나 호들갑이 아니며 연애 처음 하는 젊은이들처럼 그렇게 서로를 소모하지 않으면 좋겠다는 마음에서 드리는 말씀이기 때문에…… 그 부분을 서로 인정하고 같이 노력하면 어느 정도는 같이 있을 수 있는 시간이 연장될 수 있지 않겠나…… 하는 기대를 하고 있다고, 나는 담담히 말했다. 듣는 사람도 담담히 듣고 있었는지는 알 수 없었지만.

나는 기어이 또 한 번 내게 찾아온 시한부 관계 앞에서, 8월께 시작한 우리의 관계가 적어도 넉 달 뒤인 크리스마스까지는 변함없이 유지될 수 있기를 바랐다. 그때까지만이라도 이 감정이 훼손되지 않고 지속되길 하느님과 나 자신에게 기원했던 것이다. 설마 누굴 좋아하는 감정이 넉 달을 가지 못할까 봐 걱정을 하는 거냐고 묻는다면 이 모든 끝에 관한 트라우마의 시작에 대해 말할 수밖엔 없겠다. 성인이 된 후로 했던 첫 번째 연애도 나는 지금처럼 8월에 시작했다. 그때 나는 갓스물이 넘은 새파란 나이였기 때문에, 누굴 좋아하면 그 마음이 평생 갈 거라고 의심 없이 믿었다. 그래서 사귀는 내내 단 하루도 빼놓지 않고 상대와 매일 아침부터 만나 밤에 버스가 끊길 때까지 종일 함께 시간을 보냈다. 그랬더니 무슨 일이 벌어졌을까. 결국 8월에 시작되었던 나의 절절했던 마음은 그해 성탄절이 오기전에 식어 버리고 말았고, 그것은 내게 연애에 관한 한, 평생에 걸친 트라우마로 남게 되었다.

세상에, 어릴 적부터 누굴 좋아하면 당연히 그 사람과 결혼해서 평생 행복하게 변치 않고 사랑하게 될 줄로

만 알았는데. 티브이 드라마고 영화고 동화책이고 간에 내가 좋아하고 믿는 것들은 전부 그게 진실이자 사실인 것처럼, 결코 변할 수 없는 만고의 진리인 것처럼 내게 말해 줬었는데. 평생은커녕 불과 몇 달 만에 사랑이 이렇게 끝나 버리다니.

이후로도 조금의 시간 차가 있을 뿐 비슷한 상황이 매 연애마다 반복되었기에, 나는 이번만큼은 어릴 적의 그런 비극적인 성탄절을 다시 겪고 싶지 않았다. 공교롭게도 시작하는 달이 같은 8월이라서 더욱 긴장한 측면도 있었을 테고 말이다.

*

그러다가 그녀의 생일이 바로 다음 달인 1월 중순이라는 사실을 알고는, 내가 하느님께 바라는 기간은 넉 달에서 다섯 달로 조금 늘어나게 되었다. 적어도 그 시기 안에 있는 중요한 날들을 서로에 대한 감정이 변하지 않은 채로 보낼 수 있길 바라는 소박하고도 절실한 마음이었다.

나는 그거면 되니까. 나이도 먹을 만큼 먹었으니 이제

는 만남이나 감정을 조절할 줄도 알게 되었고 (적어도 그렇게 믿었고) 성숙한 어른이라면 그 정도는 할 수 있어야 하지 않겠는가.

*

그렇게 크리스마스와 올해의 마지막 순간을, 해를 넘겨 그녀의 생일까지 여러 중요한 날을 기쁜 마음으로 함께 보낼 수 있기를 바랐던 것인데 이상한 일이었다. 스스로 쓴 책에서 나의 사랑은 어째서 삼 개월짜리밖엔 되지 않는지 한탄하던 내가, 만나는 기간이야 일 년이든 이 년이든 넘겨도 진짜 감정은 결코 단 몇 달을 넘기지 못하던 내가, 어찌 된 일인지 그 사람과는 크리스마스를 보내고 해를 넘겨 그녀의 생일을 함께 보내고 난 뒤에도 마음에 아무런 변화가 없었다. 심지어 겨울이 다 지나고 봄이 되어 다시 새 계절을 맞을 때까지도 내 마음은 그대로였다. 여전히 나는 저녁이면 함께 야구를 볼 생각에 설레고, 잡은 손을 놓을 때마다 마음은 아쉽고, 떨어져 있는 내내 그 사람이 그립고 그랬다.

도대체 이게 어떻게 된 거지?

그것은 내가 살면서 단 한 번도 겪어 보지 못한 일이었기에, 그러면 그런대로 나는 더욱 혼란을 느끼며 불안해져 갔다. 나는 소위 말하는 경험론자다. 인생을 살아가는 데 있어서 내가 겪은 경험들을 바탕으로 모든 것을 판단하고 대처해 온 사람이라는 뜻이다. 그 얘기는 다시 말해서, 내가 지금껏 살면서 한 번도 겪어 본 적 없는 지금의 상황이 단지 석 달이 다섯 달이 된 것뿐인지, 아니면 나의 내면에 정말 어떤 근본적인 변화가 찾아온 것인지 알 수 없을뿐더러, 어떻게 하면 이 상황을 연장하고 지켜 갈 수 있는지에 대해 내겐 아무런 데이터가 없다는 뜻이기도 했다.

갑자기 찾아온 행운은 사람을 불안하게 만든다.
갑자기 찾아온 만큼
또 불쑥 어디론가 사라져 버릴까 봐.

『나를 위한 노래』(이석원, 마음산책, 2022) 중에서

{ 3 }

아무리 그래도 나는 백 일이 이 백일로 늘어난 것뿐 만 난 지 1년이 되는 8월, 즉 돌아오는 내 생일이 되기 전 까지는 이 모든 것이 언제나 그랬듯 어느 날 갑자기 내 린 눈처럼 녹아 버릴 거라는 생각을 매일 되풀이해서 하고 있었다.

마치 주문을 외우듯,
마음속에 부적이라도 붙인 듯,
지금껏 살면서 늘 그래 왔듯 최악의 상황을 되새김질 해야 막상 그날이 와도 상처가 덜할 테니까.

그런데 믿기지 않는 일들이 계속됐다. 내가 장담했던 1년이 다가왔으나 우리 사이엔 변한 게 없었다. 비단 감정의 지속 기간뿐만이 아니다. 그 사람과 나 사이에 는 어떤 사소한 다툼이나 아주 작은 트러블조차 일어 나지 않았던 것이다.

도대체 어떻게 이런 일이 가능하지?
그야말로 이건 〈세상에 이런 일이〉에나 나올 일이었다.

233

나이를 먹으니
필요한 것이 제자리에 있고
스스로 세우고 따를 수 있는
원칙이 있다는 것만으로도
충분한 기쁨을 느낄 수
있는 것 같다.

아마도 그래서 사람들은
매일 청소와 정리를 하고
원칙과 계획을 세워서 하루를
보내는 거겠지.

지금껏 내가 해 온 연애란 늘 처음엔 더없이 애틋했다 가 곧 지지고 볶고 싸우고 울고 따지고 빌고 헤어졌다 다시 만나고 그러다 결국엔 진짜로 헤어지는 그런 징 한 사건들의 연속이었다. 그런데 이 사람과는 그런 게 없었다. 나도 전에 만난 이들과 지금 만나고 있는 사람 을 비교하는 건 예의가 아니라고 생각하지만 짚고 넘 어가지 않을 수 없는 부분이라 양해 구한다.

곰곰이 이유를 생각해 보면 일단 이 사람은 내게 뭔가 바라는 게 없었다. 내가 한 번 싫다 하면 어떤 것도 두 번 청하지 않았다. 상대가 원하지 않는 것은 결코 어떤 강요도 하지 않았다. 나중에는 하도 내게 바라는 게 없 다 보니 욕망이나 자기 주관이란 게 별로 없는 사람은 아닌가 하는 이상한 생각까지 들 정도였는데, 생각해 보면 분명 우리가 손을 잡기 전까지 관계를 주도하던 건 그녀였다. 그녀는 적어도 나와는 비교할 수 없을 만 큼 적극적인 사람이었다. 사람들을 몰고 야구장엘 가 고자 한 것도 그녀였고, 처음에 각자의 집에서 같이 야 구를 보자고 기발한 제안을 한 것도, 사람들을 모아 놓 고 그 커다란 조립식 비행기를 끝내 만들어 낸 것도 다

이 사람이었으니까.

근데 이 사람의 그런 적극성이 어느 지점에서 속도 조절이 되었는가 하면, 내가 만난 후 처음으로 그에게 노(NO)를 했을 때였다. 원체 주도적인 성향의 사람이라 그랬는지 연애 초반에 서로에 대해서 알아 갈 때 나한테 뭘 하지 말라는 말을 너무 많이 하는 것이었다. 예를 들면 나는 뭔가 아주 싫다는 표현을 할 때 그러면 나 죽을 거야, 라는 말을 농담 삼아 자주 하는데 그날도 그랬다. 둘이 작은 식당에 가서 밥을 먹는데 직원이 빈 그릇이 든 쟁반을 들고 내 머리 위를 지나쳐 가길래 '저게 나한테 쏟아지면 난 죽을 거'라고 그랬더니 또 막 정색을 하면서 나무라는 거다. 그런 말을 하면 안 된다면서.

아니, 나는 단지 농담으로 그만큼 싫다는 것을 과장해서 말한 것일 뿐인데. 하지만 그 사람은 비단 그것에 대해서만이 아니라 내 작은 농담이나 행동, 또 습관까지 하지 말라는 것이 조금 많았고, 그래서 나는 어렵사리 그 한마디를 하게 되었다. 저기, 죄송한데 하지 말라는 게 너무 많으신 것 같다고. 내가 그렇게 잘못하는 게 많은 거냐고. 물론 누굴 사귀면 상대의 많은 부

분을 자기가 책임져야 한다고 생각하는 사람들이 있는
건 안다. 그게 애정과 관심의 표현이라는 것도. 하지만
서로의 행동을 너무 통제하고 제한하려 들면 부작용이
생기고 말지 않겠는가.

나로 하여금

미안하다는 말을 자꾸 하게 만드는 사람에게

내가 할 일은

반복되는 사과가 아니라

거리를 두는 것이다.

5

그렇다고 내가 무슨 큰 기대를 하고 그런 말을 한 것도 아니었다. 인간은 누구나 다 자기 성향과 기질이라는 게 있기 때문에 누굴 만나든 자길 드러낼 수 밖엔 없고, 그래서 수많은 커플이 깨졌다간 다시 만나는 일을 반복하는 것 아니겠는가. 이번에는 다르겠지, 이 사람만큼은 아니겠지 하면서. 그래서 나는 그 말을 하면서도 큰 기대는 없이 그저 또 시작인 것인가, 이 사람은 이런 식으로 사람을 만나 왔겠구나 하며 여태 늘 그래 왔던 대로 관계가 되풀이되나 싶었다. 그런데…… 이 사람은 놀랍게도 그때부터 내게 뭘 해라 하지 마라를 하지 않았다.

단지 그거였다. 마치 그 단 한 번의 노로 나에 대한 파악을 끝내기라도 한 듯 이 사람은 그 뒤로 데이트를 할 때 내 옷차림을 평가하지도 않았고, 자동차에 새로 살 때 붙어 있던 비닐을 왜 여태 안 떼느냐 타박하지도 않았고, 내 언어 습관에 대해서도 어지간한 것은 지적하지 않았다.

단지 그거였다. 상대에게 아무것도 바라지 않고 평가

하지도 않는 것. 물론 뭐 속으로야 어떤지 그것까지는
내가 알 수 없었지만.

누군가 자신의 행동을 바꿀 정도로
당신을 배려했다면
그 사람은 배려심이 많을 뿐만 아니라
센스도 상당한 사람일 확률이 높다.

눈치가 선행되지 않는 배려란 존재할 수가 없기 때문에.

6

나는 이 세상의 사랑에는 두 가지 종류가 있다고 생각한다. 내가 주고 싶은 것을 주는 사랑과 상대가 원하는 것을 주는 사랑. 후자를 바꿔 말하면 상대가 싫어하는 것은 하지 않는 사랑이 되겠는데, 이 사람은 철저히 후자였던 것이다. 그게 진심인 건지, 내게 맞춰 주려 부러 그런 것인지 알 수는 없었지만. 남이 알지도 못하는 속내보다는 겉으로 드러내는 표현이 훨씬 더 중요하다고 믿는 내게 그 사람의 그런 태도는 놀랍고 또 고마운 일이었다.

하지만 그런 변화들이 관계에 있어서 내게 어떤 새로운 경험을 하게 해 줬다고 해서, 이 만남이 영원하리라는 보장이 있는가? 이 사람 덕분에 서로 다투지도 않고 상대에게 자신이 원하는 걸 강요하지 않는 그런 편하고 건강한 관계를 경험하게 되어서 너무 좋았지만 그렇다고 평생 만나기라도 할 수 있단 말인가? 그저 석 달이 육 개월이 되고 육 개월이 일 년으로 늘어날 수 있게 된 것뿐 아닐까?

물론 그게 내가 바라던 것이기는 했다. 애초에 가능하

지도 않은 영원을 바란 것도 아니고, 그저 이 사람과의 시간이 조금이나마 더 늘어났으면 좋겠다고 기도를 했던 것뿐이었으니까. 그런데 감사하게도 내 기도에 응답해 주신 것이었으니 뭘 더 바라면 안 되겠지만 바라게 되더라. 처음 뭔가 바랄 때는 이것만 들어주시면 뭐든 할게요 하다가 그게 이루어지면 또 다른 것을 바라는 게 사람 마음인지라 그랬을까. 그리하여 나는 영원까지는 아니더라도, 평생 처음 경험해 보는 이 모든 미지의 길을 조금이라도 더 걷고 싶다는 생각에 우리가 만난 지 일 년이 되던 날 그녀에게 나의 이런 고민을 털어놓았다.

당신을…… 나는 이제껏 그래 왔듯, 만남이 있으면 헤어짐이 있고 시작이 있으면 끝이 있는 법이라며 단념하고 포기할 수가 없어졌는데 어쩌면 좋겠냐고. 당신과의 시간이 아무리 늘어나도 난 만족할 수가 없어졌는데 어떡하면 좋냐고.

물론 그런다고 이 사람에게서 무슨 뾰족한 수가 나올 것도 아니었는데 난 마치 그가 우리 관계의 생사여탈권이라도 쥔 것마냥 내 고백을 진지하게 이어 갔고, 그런 내 말을 잠자코 듣고 있던 그녀는 갑자기 웃음을 터

뜨리더니 무슨 그런 간단한 고민을 하냐는 듯 나를 쳐다보는 것이 아닌가.

응? 왜요? 왜 그렇게 봐요?

나는 설마 하면서도 그녀가 왜 그렇게 자신감을 보이는지 알 수 없어 그녀의 다음 말을 그저 기다리고만 있었다. 어쩌면 지금까지 이 사람과의 모든 것이 달랐듯, 이 사람이라면 정말로 나는 모르는 비법 같은 걸 알고 있을지도 모른다는 동화 같은 기대에 차 눈을 끔벅이며 숨소리마저 죽인 채.

늘 많은 말을
주고받는 사이라도

진짜 대화가 필요한
순간은 얼마든지 온다.

7

나의 '끝에 대한 끝 없는 두려움'에 대한 그녀의 자신
감의 근거는 이랬다.

관계라는 건 좋아한다는 감정만 가지고는 오래 유지하
기가 어렵고, 서로 항시 공유할 수 있는 매개가 있어야
하는데 우리에겐 야구가 있고 기아 타이거즈가 있으니
걱정할 게 없지 않냐는 게 그녀의 주장이었다. 왜냐하
면 한국에서 프로 야구가 없어지고 기아라는 팀이 없
어질 때까지는 적어도 헤어질 걱정은 안 해도 되지 않
느냐는 것이었다. 그러면서 자기 주변에 같은 팀을 응
원하는 커플은 오래 가더라며, 그녀는 내게 의기양양한
미소를 지어 보였던 것이었으니⋯⋯.

아아, 역시 그것이었나. 순진하게도 이 사람이라면 혹
시 엄청난 비법이라도 갖고 있을지 모른다고 기대했던
나는 허탈해지고 말았다. 아니, 사실 말이야 맞는 말이
다. 그런 매개라는 게 정말 내가 경험해 보지 못한 둘
만의 교집합이고 그게 관계에 굉장한 보탬이 된다는
것도, 그게 내 고민의 해답이 될 수 있다는 것도 이제
는 알겠으니까. 하지만 그녀에게 도저히 털어놓을 수

없었던 비밀이 있었으니 사실 난 기아의 팬은 아니지 않은가. 그저 몇십 년 만에 간 야구장에서 당신과 나란히 앉아 야구를 보고 싶었기 때문에, 다른 팀의 응원석으로 홀로 가 버려 당신과 떨어져 앉고 싶지 않았기 때문에 기아 팬이다 종범이형 사랑한다 구라를 쳤을 뿐. 물론 종범이형을 사랑하는 건 진짜지만 사실 지금의 난 팬심이 많이 흐려지긴 했어도 엄연히 다른 팀의 팬인데…… 대체 이 노릇을 어쩌면 좋단 말인가.

8

많은 경우 연애는 연기와 꾸밈으로 시작이 되거나 수명이 연장되기도 한다. 특히 초반에는 싫어도 좋은 척 안 맞아도 맞는 척할 때가 있는데 연애라는 행위의 특성상 크게 비난할 수 있는 일은 아니다. 문제는 지속성에 있다. 누가 누굴 맞춰 주는 관계, 연기로 지속되는 관계는 오래 가기가 어렵기 때문이다.

그렇지 않은가? 한두 번이면 몰라도, 팬이 아닌 팀을 팬인 척 언제까지나 계속 응원할 수는 없는 노릇이었다. 사랑을 위해 팀을 옮겨야 하나? 하는 생각도 해 봤지만 누굴 응원한다는 감정이 그렇게 인위적인 필요에 의해서 이동 가능한 것은 아니잖은가. 어느 날 어떤 이유에서건 오늘부터 난 진짜로 기아 타이거즈 왕팬이다, 우리는 죽을 때까지 기아 커플이다, 이렇게 마음을 먹는다고 해서 실제로도 그렇게 될 수 있다면 얼마나 좋을까만은 마음이란 게, 신념이라는 게 그럴 수는 없는 것 아닌가. 때문에 우리가 같은 팀의 팬이 아니라는 사실은 운명론자인 나를 크게 좌절시켰지만 그날의 대화를 통해 나는 한 가지 중요한 해답을 얻을 수 있었다.

꼭 야구나 기아가 아니더라도 진짜로 우리를 긴 시간 이어 줄 뭔가를 찾을 수만 있다면, 아무리 자주 써도 결코 닳지 않는 비누처럼, 서로를 강하게 묶어 줄 수 있는 뭔가를 찾을 수만 있다면 관계는 오래 갈 수 있다는 그녀의 말이 내겐 너무도 설득력 있게 다가왔기 때문이었다. 그래서 나는 응원하는 팀을 기아로 전향하는 대신, 그런 매개가 뭐가 있을지 필사적으로 찾아 헤맸고, 그 무렵 그렇게 사랑하는 사람을 두고 그야말로 인생을 건 고민을 하고 있던 어느 날 뉴스에서 국가적 낭보가 들려왔다. 그리고 그건 내게도 엄청난 행운의 뉴스가 되고 말았다.

9

이쯤에서 지금까지의 상황을 조금 정리해 보려 한다.

(누구라도 그러하겠지만) 내게 사랑은 용량제. 세상 모든 것은 유한하다. 지극하고 애틋했던 마음은 언젠가 시들고 무뎌지다 익숙해져 끝내는 사라져 갈 것이다. 그래서 손을 잡고 싶어도 아껴 잡고, 만나서 함께 있고 싶어도 참아 가며 정해져 있는 끝을 조금이라도 연장시키려 애썼다. 그렇지만 이 세상에 시간을 이길 수 있는 노력이란 없다. 어쨌든 시간은 흐를 수밖엔 없고 흐르다 보면 내가 두려워하던 그것이 결국엔 찾아올 수밖엔 없는 거니까.

"석원 씨. 말했잖아요. 우리가 석원 씨의 다른 경험들과 다를 수밖에 없는 건, 우리에겐 야구와 기아라는 강력하고도 질리지 않는 매개가 있기 때문일 거예요. 둘이 질리지 않도록 공유할 수 있는 뭔가가 있다는 건 생각보다 무서운 일이거든요. 그러니까 너무 걱정 말아요."

정말 그랬다. 그건 나도 의식하지 못한 일이었는데 이 나이 먹도록 운 좋게 여러 사람을 사귀었으면서도 그저 뜨겁거나 차가운 감정이 있었을 뿐 정작 같이 뭔가를 해 본 기억이 별로 없다. 내가 별다른 취미나 좋아하는 게 없는 사람이라 그랬을까?

아니, 나도 좋아하는 게 있었다. 그렇지만 예를 들어서 내가 좋아했던 티브이 프로그램인 〈그것이 알고 싶다〉를 나만큼 관심 있어 하는 사람을 만난 적은 없었으므로, 그것을 흥미 있게 같이 볼 기회를 가져 본 적 또한 없었다. 반대로 상대의 입장에서도 마찬가지였다. 내가 만난 사람들 중 어떤 이는 음악을 너무 좋아해서 나와 같이 그걸 듣길 원했지만 난 이미 그것―음악 듣기―을 졸업했고 그래서 그건 더 이상 내 관심사가 아니었기에 누가 됐든 그렇게 다 엇갈렸다. 그저 늘 서로가 조금씩 다른 뭔가를 서로에게 권하며 상대도 나처럼 만족하길 바랐을 뿐.

어쩌면 당연한 일일 것이다. 우린 모두 각기 다른 성향과 취향과 감각의 소유자들이니까. 우린 살아온 환경과 역사와 배경이 다 다른 존재들이니까. 그렇다면 이제 난 그게 일치되는 사람을 운 좋게도 만난 것일까?

그런 벼락 같은 행운이 드디어 나에게도? 성인이 된

지 수십 년 만에?

그랬으면 얼마나 좋았을까만은 그렇지 못했기에, 이제 나는 구라로 응원을 함께해 주는 것이 아닌, 그 자리를 대신할 진짜 매개가 필요했다. 하여 우리 둘 사이를 강하게 잡아 묶어 줄 수 있는 결코 시들지도 손상되지도 않을 뭔가를…… 서로 매일매일 같이해도 질리지 않는 강력한 무언가를 찾아 헤매던 어느 날. 나는 당시 아카데미를 석권했던 봉준호 감독 부부의 연애 스토리를 뉴스를 통해 알게 된다. 봉 감독은 지금의 부인과 둘이서 영화를 보다가, 그러니까 온종일 영화를 같이 보는 사이였다가 평생의 동반자가 되었다고 하는 게 아닌가.

그렇구나! 영화를 같이 보면 저렇게 사이가 오래 갈 수 있는 거구나. 결혼까지 해서 평생 같이 살 수도 있는 거구나!

그 뉴스는 정말로, 내 오랜 고민을 해결해 준 한마디로 유레카였다.

봉준호 감독의 영화 〈기생충〉이 무려 아카데미 시상식에서 작품상을 탔던 것은 평생 영화를 너무나 좋아하며 살아온 내게도 엄청난 뉴스였다. 그래서 나는 기쁨에 겨워 온종일 관련 소식을 뉴스로 챙겨 보게 되었는데, 그때까지만 해도 나는 세계 영화계의 변방이었던 한국의 감독이, 아카데미 시상식에서 감독상을 타고 작품상을 타는 이 국가적 경사가, 아무런 상관도 없는 나라는 개인의 고민까지 해결해줄 줄은 꿈에도 알지 못했다.

이런 게 바로 나비효과라는 걸까.

8부

뉴스에서 그 사실을 접하고 나는 무릎을 쳤다. 만약……
우리가 영화를 같이 볼 수 있고 그 취향이 얼추 비슷하
기만 하다면…… 같이 볼 영화는 정말이지 무궁무진하
기 때문이었다. 야구는 매주 월요일이면 경기를 하지
않기도 하고 겨울이면 아예 경기가 없어져 버리기도 하
지만, 영화라는 건 이 세상이 끝날 때까지 봐도 다 못
볼 만큼 많지 않은가. 그러니 얼마나 길고 무시무시한
관계 연장의 무기가 생기는 것인지.

그리하여 나는 그 뉴스를 본 다음 번쩍하고 아이디어
가 떠올랐고 신이 나서 그 사람에게 제안하기에 이르
렀던 것이다.

이제 우리 야구를 보는 것처럼 각자 집에서 영화도 같
이 보면 어떨까, 하고 말이다.

물론 넘어야 할 장벽은 많았다. 〈마녀 배달부 키키〉의
경우도 그랬지만 그녀는 영화를 그렇게 매일 보고 싶
어 할 만큼 좋아하는 사람이 아니었다. 만약 그랬다면
애초에 야구광이 아닌 영화광이 되어 있었겠지. 하지

만 만약 내가 권하는 영화들이 그녀의 흥미를 끌어 없
던 취향이 생길 수만 있다면, 아니, 자신조차 모르던
취향을 끌어낼 수만 있다면, 그래서 정말로 우리가 근
매일 영화를 같이 볼 수만 있다면…… 우리도 봉준호
감독 부부처럼 오래오래 사랑할 수 있을 텐데.

*

나는 왜 우리가 함께 영화를 봐야 하는지 그 취지에 대
해 그녀에게 장황하게 설명한 후, 그럼 오늘 마침 야구
도 하지 않으니 우선 한 편만 같이 보자며 어렵사리 허
락을 받아 냈다. 물론 나는 이미 처음으로 같이 볼 작
품도 다 골라 놓은 상태였다. 미국 드라마 중에 〈왕좌
의 게임〉이라는 기가 막히게 재미있는 시리즈가 있는
데, 백 편이 넘는 이 시리즈를 다 보기만 해도 우리의
사랑은 최소 몇 달쯤은 늘어날 것이었다. 볼 수 있다면
말이다.

그런데 처음으로 함께 볼 작품의 이름을 들은 그녀는
내가 전혀 예상하거나 걱정한 적 없는 답변을 내놓고
말았으니, 그것으로 나의 관계 수명 연장에 대한 계획
은 처음부터 난관에 부딪히고 말았다.

그거 잔인한 거죠?
미안해요. 저 잔인한 걸 못 봐요.

이럴 수가……. 아니라고 하기엔 그 드라마는 너무 심하게 잔인했다. 툭하면 칼로 사람의 목을 자르고 베어진 복부에서는 순대가 흘러나오는 장면들이 넘쳐 났으니까. 나는 급히 또 다른 작품을 떠올려 봤지만 왜 그런지 길고 재미있다는 드라마는 대부분 잔인했고, 갑자기 잔인하지 않으면서 재미있는 것들을 고르자니 생각보다 떠오르는 작품이 많지 않았다.

아, 이를 어쩌면 좋을까. 이 사람을 영화라는 세계로 끌어들이려면 첫날부터 그게 얼마나 재미있는 매체인지를 각인시켜야 할 텐데. 그러려면 진짜 최고의 작품으로 승부를 걸어야 하는데 자신만만하게 고른 첫 카드가 막히자 나는 갑자기 마음이 쫓겨서 그랬는지 도무지 다음 카드가 생각나지 않았다. 급한 대로 일단 편수가 많은 드라마는 포기하고, 짧게나마 두 시간짜리 영화를 고르려 했으나 그 역시 떠오르는 건 죄다 잔인한 것들뿐. 〈라이언 일병 구하기〉 같은 명작도 사람 몸을 총알이 수없이 뚫고 들어가니 볼 수가 없었고, 〈매트릭스〉 역시 벌레 비슷한 로봇에 쫓기는 장면이 나온다고 하니 정색하며 거절을 하는 거라.

제가 세상에서 제일 싫어하는 게 벌레거든요. 미안해요.

주여……. 이를 어쩌면 좋을까. 대체 어째서 재밌는 영화나 드라마는 대부분 잔인하며, 하필 왜 이 사람은 보지 못하는 조건이 이렇게나 많은 건지.

나는 또 한 번 닥친 절체절명의 위기 상황을 어떻게 돌파할까 고민하다, 너무 고민을 많이 한 나머지 그때부터 안 꾸던 꿈까지 꾸기 시작하는데 그땐 몰랐다. 그 꿈이 나를, 아니 우리를 구원해 줄 줄은.

3

왜 이렇게 떠오르는 영화가 없지? 리모컨으로 넷플릭스와 지역 케이블 티브이의 영화 차림표를 아무리 훑어봐도 영 마음에 드는 작품을 찾을 수 없던 나는 점점 시간에 쫓기게 되었다. 똑딱똑딱. 이 사람은 내일이면 또 출근을 해야 하니 이제 곧 잠자리에 들어야 하고, 그럼 조금만 있으면 영화 한 편을 다 볼 수 있는 시간은 어느새 넘어설 것이다. 그럼 결국 영화에 대한 흥미를 갖게 하기란 점점 더 어려워질 터.

그렇게 한바탕 소동을 치른 월요일 밤. 결국 우리는 영화를 같이 보는 데 실패했고, 평소처럼 이순철 안경현 주연의 〈주간 야구〉를 보는 것으로 하루를 마감해야 했다. 야구 중계가 없는 오늘이 절호의 기회였는데……. 나는 우리의 관계를 가능한 오래, 할 수만 있다면 영원히 연장시켜 줄 끝내주는 작품을 골라 함께 보고 싶었다. 하지만 그게 만만치 않은 일이라는 사실을 알게 된 나는 너무 스트레스를 받은 나머지 다음 날 낮에도 영화를 고르다 지쳐 잠이 드는데, 그때 웬 외계인이 등장하는 이상한 악몽 하나를 꾸게 된다.

그녀 말대로 물리적인 잔인함은 없었지만 어떤 무서운 악몽 같았던 그 꿈은 대략 내용이 아래와 같았다.

'그는 자기가 대한민국 서울 도봉구에 찾아온 첫 번째 외계인이라고 했다. 당신이 첫 번째라고 어떻게 장담 하느냐 물었더니 질문은 허용되지 않는다고 했다. 그 는 무성의 존재였으며 나에게 다짜고짜 재밌는 영화를 내놓으라고 협박을 했다. 안 그러면 도봉구는 물론 온 인류를 멸망시킬 거냐?'

*

그때, 내가 얼마나 간절한 마음으로 영화를 골랐던지 꿈은 매일 낮마다 이어졌다. 왜 밤이 아닌 낮이냐면 그 녀가 회사에 가 있는 동안 나는 저녁 때 같이 볼 영화를 골라야 했기 때문이다. 마치 아내가 직장에 가 있는 동 안 정성껏 밥을 준비하는 남편처럼 말이다. 하지만 사 람을 단박에 매료시킬 만큼 매력적이고 흥미로우며 작 품성과 재미까지 겸비하면서, 영상이 익숙하지 않은 사 람도 쉽게 접근할 수 있는 난이도에다, 무엇보다 잔인 하지도 징그럽지도 않은 작품을 고르는 그 일은 너무도 힘이 들어 나는 매번 영화를 고르다 지쳐 쓰러져 잠이 들었다. 그러면 꿈에 어김없이 외계인이 나타나 영화를 내놓으라고 난리를 쳤고, 그럼 나는 그때까지 골라둔 것을 그에게 미리 보여 준 다음 그중에서 가장 반응이 좋은 것을 골라 저녁 때 퇴근하고 온 그녀에게 권했던 것이다. 외계인 덕분에 졸지에 리허설을 미리 해 볼수 있었다고 할까. 물론 그 과정에서 서울 도봉구는 물론 지구의 온 인류는 몇 번이나 멸망을 맞이해야 했지만, 적어도 그 덕에 나와 그 사람은 야구에 이어 영화라는 또 하나의 관계 연장의 무기이자 소통의 매개를 기어이 가질 수 있었으니. 푸른 살결의 영화를 몹시도 좋아했던 우리와 똑같은 지적 생명체 덕분에 말이다.

정말 고마워, 친구.

4

물론 그 꿈은, 어떻게든 그녀가 던져 주는 취향에 관한 작은 단서들을 가지고 그 자신도 모르는 그의 영화 취향을 파악하고자 무진 애를 쓴 내 무의식의 결과였을 것이다. 또 그렇게 해서 어렵사리 영화를 고른다 해도 야구 중계방송을 보는 것과 달리, 이 각자의 집에서 영화를 같이 보는 일은 해결해야 할 여러 문제가 있었다. 가령 야구 중계방송을 보는 건 그냥 중계하고 있는 채널을 각자 서로 다른 시간이라도 아무 때나 틀기만 하면 됐지만 영화를 보는 일은 달랐다.

일단 선택된 영화가 서로의 영화 플랫폼에 있는지부터가 매번 관건이었다. 넷플릭스가 됐든 다른 OTT가 됐든 제아무리 재미있는 명작이라도 있어야 볼 수 있는 거니까.

또, 그렇게 해서 고른 영화가 서로에게 있다고 해도 같은 시간에 같은 장면에서 영화를 시작시켜야 하는 문제 역시 제법 까다로운 난관이었다. 시간이나 자막으로 특정 시점을 맞추려 해도 서로 다른 플랫폼에 영화가 있을 때 작품의 길이나 번역 자막이 아예 다른 경우도 있

고, 마치 사람마다 길을 설명하는 방식이 다르듯 서로
가 생각하는 첫 장면이라는 게 달라서 어긋날 때도 많
았다. 하다못해 어렵사리 동일 시점을 맞춘 다음 하나
둘 셋 하고 카운트를 하고 동시에 플레이 버튼을 누르
려고 해도, 그게 동시가 되기도 쉽지 않았다. 누구는 하
나 둘 셋의 셋에 누르고 누구는 하나 둘 셋 한 다음 넷
에 누르는 경우도 있었기 때문에.

참 인간이란, 어쩌면 이렇게 사소한 것까지 다 다른 생
명체들인지.

*

결국 휴대폰 너머로 메아리처럼 들려오는 극 중 배우
의 말소리를 통해 미세하게 어긋나는 장면을 맞춰 가
면서, 나는 겨우겨우 그와 영화를 보았다. 물론 그러다
가 중간에 누구 하나 화장실엘 가야 한다거나 다른 데
서 전화가 걸려 오거나 하면 야구를 보던 때와는 달리
우리는 화면을 멈춰야 했는데, 그럴 때면 같은 장면에
서 멈췄다가 다시 동시에 플레이를 하는 일은 번거롭
기도 하고 호흡을 맞추기도 쉽지 않았다.

둘이서 영화 한 편 보는 일이, 마치 어느 한 사람이라도 다른 길을 가려고 하면 파투가 나고 마는 이인삼각 게임을 하는 듯 느껴졌다고 할까.

＊

그렇지만…… 그런 모든 어려움에도 불구하고 우리는 점점 서로의 호흡이 맞아 들어가, 나중엔 하나 둘 셋 숫자를 세는 것만으로도 마법과 같은 영화 속 순간들로 함께 빨려 들어가는 일이 가능해졌다. 앞으로도 매일 저녁 쭉 이럴 수 있다면 얼마나 좋을까. 그럴 수만 있다면, 심지어 〈스타트렉〉이라는 미드 시리즈는 분량이 무려 700회나 되니까 그런 시리즈 몇 편만 같이 볼 수 있어도 우린 헤어지지 않고 서로 영원히, 아니 뭐 영원까지는 아니더라도 오래오래 사랑할 수 있을 텐데.

그렇게, 자신을 죽이려는 왕에게 재미있는 이야기를 들려줌으로써 하루하루 생명 연장을 해 갔던 『아라비안 나이트』의 주인공처럼, 나는 마치 오늘 그 사람과 함께 볼 재미있는 영화를 고르지 못하면 이대로 관계가 종말이라도 고할 것 같은 공포 속에 매일 죽을힘을 다해 영화를 골랐다.

하루도 거르지 않고.

에필로그

갑자기 에필로그가 나와서 어리둥절한 독자들도 있을 것이다. 그중에는 층간 소음과 냉면집의 이야기는 어찌 된 것이며 그 냉면집의 주인이자 위층 사람을 쫓던 이야기들은 이제 와서 다 어디로 가 버린 것인지 의아한 사람들도 있을 것이다. 만약 이 책에 담긴 이야기가 소설이나 영화였다면 어떤 인물이나 사건도 의미 없이 등장하거나 해결 없이 사라져 버리는 일은 없었을 것이다. 하지만 우리가 살아가는 실제 인생은 소설이 아니다. 내게 벌어지는 모든 일이 의미를 갖거나 교훈을 주는 것은 아니며, 명확한 결론이 나지 않은 채로 그저 그렇게 흐지부지되는 일 또한 현실에서는 너무 많다는 것을 우리는 안다.

다만 한두 가지 이야기의 결말을 있는 그대로 털어놓자면 사정은 이렇다. 기린이라 불리던 그녀가 사람들 앞에서 냉면을 먹지 않는다고 해 놓고는 냉면집에서 나오는 장면을 목격하는 바람에 혼란에 빠진 적이 있다. 연애 초반 잠깐의 일이었고 나중에 본격적으로 사귀게 되면서는 아예 잊게 된 일이기도 했지만, 그 일의 실상은 이랬다. 우리를 맺어 주다시피 한 영화가 〈엑시트〉였고 그걸 용산에서 봤기 때문에, 용산 아이파크몰은 우리에게 마치 관계의 고향과도 같은 곳이 되어 우리는 그곳에서 자주 만났다. 어느 날, 이제는 그런 의심의 기억조차 희미해져 버린 어느 저녁. 용산 CGV에서 영화 한 편을 본 뒤 밥을 먹으려는데 그녀가 나를 그때 그 냉면집으로 이끄는 것이 아닌가.

나는 그제야 내심 잊고 있던 기억이 나서 긴장했다. 대체 냉면을 먹지 못하는 사람이 날 왜 그리로 데려가려는 걸까. 드디어 자기가 위층 사람이자 그 식당의 주인이라고 고백이라도 하려는 걸까? 그렇게 나는 그 식당이 가까워질수록 혼자만 갖고 있던 망상에 다시금 사로잡혔지만 그건 그야말로 내 상상에 불과했을 뿐, 실상은 허탈할 정도로 간단했다.

들어가 보니 그 냉면집에는 다른 메뉴도 많았던 것이다. 특히 그중에서도 닭곰탕은 그녀의 최애 메뉴로, 그 식당에서 주 메뉴인 냉면보다 인기가 더 많은 음식이기도 했다.

나 닭 좋아해.

하고 웃는 그녀를 보며 그동안 나의 의심이 얼마나 어이없는 촌극이었던지, 그만 맥이 탁 풀리는 느낌이었다. 그러고 보면 어떤 냉면집도 냉면만 파는 곳은 드문 것을 나는 왜 그런 의심을 했을까. 내가 살아가는 진짜 삶에서 미스터리란 없었던 것이다.

2

이제 그만 이야기를 마무리해야겠다. 같이 보게 된 영화 덕분인지는 모르겠으나, 우리가 함께한 시간은 애초 나의 바람이었던 석 달을 훨씬 초과해서 1년은 물론 무려 만 2년을 넘기게 되었다. 남들에겐 그 칠백 일이라는 시간이 아무렇지 않게 도달할 수 있는 지점인지는 몰라도, 내겐 단 한 번도 다다라 본 적 없는 꿈의 세계와도 같았다. 그리고 그 2년은 동시에, 내가 위층 사람을 만나기 위해 강남에서 가장 용하다던 점집을 찾은 뒤 흐른 시간과도 같았다. 그때 나는 어떤 분의 배려 덕에 5분짜리 초미니 점을 보면서, 혹시 몰라 2년 뒤에 진짜 제대로 된 점을 보기 위해 예약을 해 두었는데, 어느새 그 시간이 다가온 것이었다.

*

물론 나 역시 그곳을 알려 준 스타일리스트 선생님과 마찬가지로, 예약을 하고 2년을 기다리는 동안 점을 보기 위한 이유와 목적들이 다 해결돼 사라져 버리고 말았다. 그래서 그분과 마찬가지로 이제 딱히 점을 볼 이유는 없어졌지만, 예약해 둔 것이 아까워 예정일에 그곳을 찾게 되었다. 그래도 이제는 5분짜리 짧은 점이 아닌 30분 이상 보살님과 면담할 수 있는 제대로 된 시간이 주어질 테니 인생 상담받는다고 치면 나쁠 건 없지 않겠는가.

참, 그토록 만나고자 했던 위층 사람과 그 냉면집의 냉면을 파는 등의 문제는 어찌 해결되었길래 이제는 그게 다 지나간 이슈가 되었느냐고?

첫째, 앞서 말했다시피 위층 1501호와의 층간 소음 문제는 다른 집으로 아예 이사를 해 버렸기 때문에 더 이상 나와는 상관없는 문제가 되어 버렸다. 다만 새집 역시 소음 문제가 완벽하진 않았기 때문에 언젠가 꼭대기 층으로 다시 이사하려는 계획은 변치 않았다.

둘째, 내가 그토록 팔고 싶어 했던 즈므집 냉면은 그역시 다소 허탈한 이유로 내게 더 이상 의미를 가질 수없게 되었다. 그 사람과 데이트를 하면서 세상의 수많은 맛있는 음식을 찾아다니며 먹다 보니, 더는 굳이 그렇게까지 매달려 주인을 찾을 필요성을 느끼지 못하게 되고 말았던 것이다. 나로서는 진짜 허탈한 결론이기는 했는데, 그 냉면이 내게 더 이상 다시는 맛볼 수 없는 그리운 음식이 아니라 돈만 내면 언제든 먹을 수 있는 흔한 메뉴가 되어 버린 탓도 컸을 것이다.

언제나 가질 수 있다는 것. 익숙해진다는 건 그렇게 무서웠다. 다시는 맛볼 수 없다는 그리움과 절박감이 내 기억 속에서 맛에 대한 환상을 키우고 키운 것인지도 몰랐다.

*

그렇게, 지난 2년간 내게 있었던 많은 문제가 해결되었지만 그렇다고 내 모든 문제가 사라진 것은 아니었다. 나날이 악화되는 출판계의 시장 상황은 책을 팔아 늙은 부모님을 부양해야 하는 내게 생계에 대한 더 큰 위기감으로 다가왔으니까. 어느 날, 여전히 미래에 대한 불안감에 지쳐 있을 무렵 이제는 가끔 연락하는 사이가 된 그때 그 점집을 소개해 준 스타일리스트 선생님이 전화를 걸어 오더니 내게 이렇게 귀띔을 하는 것이었다.

석원 씨. 이번에 보살님 뵈러 가죠? 기왕에 오래 기다렸다가 뵙는 건데 이름을 좀 바꿔 달라고 하면 어때요?

이름을요?

나는 갑자기 웬 이름 타령인가 의아해 그분에게 물었다.

왜 연예인들 이름 바꾸고 잘 풀리는 사람 많잖아요. 석원 씨도 그렇게 미래가 불안하고 그러면 꼭 이름이 아니더라도, 이름의 한자라도 바꿔 보는 건 어때요? 전 그때 보살님께서 끝 이름 한자만 바꿔 주셨는데도 고민하던 일들이 많이 좋아졌거든요.

*

이름의 한자를 바꾼다라……. 사실 원래 내 가운데 이름의 한자는 주석 석 자인데 내가 태어났을 당시 출생 신고를 받던 동사무소 직원의 실수로 평생을 돌 석 자로 살아왔다. 때문에 그 말을 듣고 나는 여전히 풀리지 않는 내 삶의 여러 가지 문제를 떠올리며 한자 개명을 시도해 보는 것도 나쁘지는 않겠다고 생각했다. 돌을 다른 무엇으로 바꾼다고 해서 정말 인생이 달라질지는 알 수 없었지만, 아예 이름이 바뀌는 것도 아니고 그저 한자가 바뀌는 것일 뿐이니 밑져야 본전인 일이었기 때문에.

3

그리하여 2년 만에 다시 찾아뵙게 된 보살님께 나는 말씀드렸다. 내 가운데 이름을 평생 장식해 온 돌 석 자를 다른 한자로 바꾸고 싶다고. 평생 돌 석 자에 담 원 자, 즉 돌담으로 살아왔으니 이젠 담벼락이 아닌 다른 뭔가가 되어 살아 보고도 싶은 마음이었다. 그러면서 좋은 글자가 없겠느냐 여쭈니, 선뜻 해 주실 거라던 스타일리스트 선생님의 말씀과는 달리, 보살님은 대뜸 내게 이렇게 되물으셨다.

아니, 지금 네게 어느 때보다 좋은 기운이 가까이 있는데 왜 이름 한자를 바꾸려고 하지?

보살님의 뜻밖의 말씀에 나는 당황하여 대답했다.

네? 좋은 기운이라뇨. 전 2년 전 보살님을 찾아뵈야만 했던 이유가 사라져서 그렇지 제 삶은 변함 없이 그대로인걸요. 뭐 하나 좋은 일이 생기는 것도 아니고 늘 미래를 불안해하며 사는 처지인데 대체 좋은 기운이 어디에⋯⋯.

그러자 보살님은 내가 한심해 죽겠다는 듯 혀를 차며 이렇게 말씀하셨다.

그래. 기억난다. 너의 그 아둔함만큼은 여전히 변함이 없는 것 같네. 눈앞에 아무리 큰 복이 와도 늘 보질 못하니 말여.

그러면서 보살님은 내게 쪽지에 짧은 글귀를 하나 적어 건네시며, 너에겐 더 해 줄 말이 없으니 이걸 가지고 그냥 가라고 말씀하셨다. 물론 복채도 받지 않는다고 하시면서.

＊

나는 또 한 번 겪게 된 보살님의 무성의한 태도에 화가 났다. 아니, 나도 엄연한 고객인데, 2년이나 기다린 사람한테 이래도 되는 건가? 그렇지만 붙어 앉아 있어 봐야 이름 말고는 점을 볼거리도 딱히 없는 것도 사실이어서 일단은 점집을 나섰다. 그러면서 생각을 해 보니 보살님이 눈앞의 큰 복 운운하시는 게, 혹시 내게 무슨 좋은 일이라도 생기려는 건 아닐까 싶어 나는 그렇게 또 내 마음대로 기대에 부풀었다가, 이내 그분이

건네준 쪽지에 쓰여 있는 글귀를 확인하고는 그만 온몸과 마음이 얼어붙고 말았다.

그건 정말로, 머리를 제대로 한 대 맞은 느낌이었기 때문에.

4

보살님이 내게 건네주신 쪽지엔 이렇게 쓰여 있었다.

세상에서 제일 소중한 걸 얻었으면서도 그 사실을 결코 알지 못한 채 살아가는 자.

펼쳐 본 쪽지에서 그 글귀를 보고선 나는 마치 망치로 머리를 살짝 얻어맞은 기분이었다. 다시 그 점집을 찾기까지 지난 2년 동안, 나는 내 삶이 별반 달라진 게 없다고 늘 푸념했지만 실은 너무도 많이 달라져 있었던 것이다.

"넌 왜 네 앞에 와 있는 행운을 항상 보지 못하니."

아아, 이래서 그런 말을 하셨던 거구나. 그런데도 난 그게 무슨 뜻인지조차 몰랐으니.

*

나는 그렇게 미련한 나를 자책하며, 내가 점을 볼 건덕지가 없을 만큼 좋은 기운에 싸여 있다는 보살님의 말씀을 되새기면서 바로 그 좋은 기운의 주인공인 누군 가를 만나기 위해 용산으로 발길을 돌렸다. 지난 2년 간 함께 수많은 영화를 본 어떤 사람과 저녁을 먹고 또 한 편의 새로운 영화를 보기 위해서.

아마 상당한 시간이 흐를 때까지 다시 점집을 찾을 일 은 없을 것이다.

나중에 알게 된 사실이지만 놀랍게도 내가 갔던 그 점집의 2년이라는 대기 시간은, 보살님이 일부러 그렇게 정하신 것이라고 한다. 2년이란 시간을 기다리면서 사람들은 대부분 스스로 문제를 해결하기 때문이라는 것이 그 이유였다.

아아 보살님…… 세상에 그렇게 깊은 뜻이.

5

이제 진짜로 이 모든 이야기를 마쳐야 할 때가 된 것 같다.

점집에 다녀온 후 얼마 되지 않아서 나는 근처 부동산 사무실 사장님으로부터 뜻밖의 연락을 받았다. 내가 그렇게 오랫동안 부탁해 놓은 꼭대기 층이 드디어 나왔는데 그게 하필 예전 살던 집의 위층 1501호라는 것이었다. 그 소식에 나는 마치 오랜 세월 잊고 있던 어떤 사건과 그 사건의 주인공이 다시금 떠올려지는 기분이었다. 영화 〈살인의 추억〉에서 오랫동안 잡지 못해 잊고 있던 범인의 소식을 들은 은퇴한 형사 송강호라도 된 기분이었다고 할까.

한때 그토록 만나 보고 싶었던 사람이 드디어 이곳을 떠난다니…….

이제 그를 만나야 할 이유는 사라져 버렸지만, 그래도 늙어 버린 형사 송강호가 그랬듯, 누구라도 현장에 가 보고 싶은 마음이 들지 않을 수 없을 것이다. 나 역시 그랬다.

그리고 그 일은 나에겐 행운이기도 했다. 이제야말로 층간 소음 문제에 완벽하지도 않은 집에서 사는 일을 청산하고, 그렇게나 바라던 꼭대기 층으로 이사를 가게 되었으니 이런 해피엔딩이 또 있을까? 이제 남은 건 홀가분한 기분으로 대체 그 사람이 누군지 얼굴이나 확인하면 될 것이었다.

대체 몇 살이나 됐을까. 성별은, 키는, 몸집은 어떤 사람일까.

*

이사 당일. 나는 혹시라도 그를 놓칠까 봐 새벽 2시부터 일어나 바로 맞은편 내가 살던 앞 동을 향해 진을 치고는, 도대체 누가 윗집에서 이사를 나오는지 지켜보았다. 누구라도 나오면 바로 뛰쳐나가서 얼굴을 확인하려는 요량이었다. 그렇게, 위층 집 사람이 혹시 모습을 드러내지 않은 채 신출귀몰하게 사라져 버리지는 않을까 걱정하면서 눈을 부릅뜨고 있다가 나는 깜박 잠이 들었고 깨어 보니 이미 이사는 끝난 뒤였다.

아아, 이렇게 영영 누군지 볼 수 없게 되다니. 한 번쯤
은 정말 꼭 확인하고 싶었는데. 대체 어떤 사람인데 그
런 섬뜩한 문구를 대문에 써 붙이면서까지 사람을 피해
야 했으며 대체 모습은 어떻고 어떻게 살아왔길래 즈므
냉면을 알고 팔 수 있었는지 꼭 한번 보고 싶었는데.

*

나는 허탈한 마음에 앞 동으로 가서 엘리베이터를 타
고 내가 살던 14층이 아닌 15층으로 올라가 보았다.
그동안엔 두려워서 감히 올라가 볼 생각도 하지 못했
었지만, 이젠 내가 들어와 살 집이니 누가 뭐라 그럴
일도 없을 것이었다. 그래도 어쩐지 기분이 좀 그래서
조심스레 그 집 문 앞으로 다가가니 문과 벽에 선명하
게 적혀 있던 2년 전의 그 섬뜩했던 경고 문구들은 마
치 애초에 그런 문구가 존재하지도 않았던 양 말끔히
지워져 있었다. 마치 내가 헛것이라도 본 것처럼 말이
다. 나는 지금이라도 그 집엘 들어가면 대체 무슨 이유
로 새벽마다 그렇게 소리가 났는지 알 수 있을지도 모
른다는 기대를 하기도 했지만, 주인 없이 텅 빈 그곳은
아래층인 내가 살던 집과 구조상 완전히 똑같은 그저
평범한 집일 뿐이었다. 여느 가정집처럼, 어떤 경고 문

구도, 소음의 흔적도 발견할 수 없는 가장 보통의 집.

그렇게, 결국 누군지 대면하지도 못한 채 이제 다시는 만날 일이 없는 사람에 대해 상상하며 그 집을 나서는데, 계량기를 확인하러 온 관리소장님이 내게 대뜸 그런 말을 하는 것이었다.

아니, 못 보셨어요? 키가 엄청 큰 여자분이던데…….
농구 선순 줄 알았어요.

{ 6 }

새집에서의 첫날. 침대와 책상과 온갖 가구들의 배치
까지 원래 살던 아래층에서의 그것과 똑같이 하다 보
니 이사를 왔다는 느낌이 아예 들지 않았다. 그저 잃었
던 내 생활 내 공간을 비로소 되찾았다는 기분뿐. 베란
다에 나가 하늘과 땅과 건물이 조화를 이룬 도봉구의
탁 트인 풍경을 보고 있자니, 그 또한 14층의 시야와
거의 차이가 없어 나는 아예 이런 농담까지 나올 정도
였다. 이러다가 설마 이따 밤 열두 시가 되면 원래 아
래층에서 났던 소리까지 나는 거 아녀?

소음을 피해 이사 갔던 맞은편 동 집도 빨리 나가서 모
든 게 완벽했던 새집에서의 첫날. 종일 이사하느라 피
곤한 몸을 이끌고 침대에 오른 시간은 밤 열한 시 이
십 분이었다.

이 고요함을, 이 사막 한가운데에 있는 듯한 정적을 나
는 얼마나 그리워했던가. 층간 소음을 피하고자 대출
까지 받아 가며 아파트를 또 얻는 통에 주위에서 이상
한 놈 취급을 받던 것도 이젠 안녕이었다.

자정이 되었다. 아무리 구조와 실내 풍경이 똑같아도 엄연히 처음 잠을 청하는 곳이라 그런지 이리저리 뒤척이고 있는데 밤 열두 시쯤 됐을까. 마치 알람이 울리듯 한동안 잊고 있던, 그러나 결코 잊을 수 없는 익숙한 소리가 아주 작게 콩 하고 들려오는 것이었다.

소리가 워낙 작았던 데다, 나는 이 집이 내가 살던 아랫집과 너무 비슷하다 보니 심리적인 착각일 수 있겠다 싶어 처음에는 무시하고 잠을 청하려고 했다. 그런데 이상하게 잠이 들려고만 하면 예전처럼 똑같은 소리가 작게 울리며 내 잠을 깨우는 것이 아닌가.

그 소리는 마치

너 자지 마.
너는 결코 잠들면 안 돼.

하며 내게 속삭이는 듯하던 바로 그 소리였다.

나는 내가 드디어 미쳐 버린 건가 싶어 그 자리에서 용수철처럼 튀어 올랐다. 이런 식이라면 어떤 집엘 가도 살 수가 없을 것만 같아 나는 온 집안의 불을 켜고 집 중해서 소리를 기다리기 시작했다. 오 분쯤 지났을까. 긴 정적 끝에 들려온 소리는 이 모든 이야기의 시작이 자 나를 그토록 잠 못 들게 했던 그 소리가 분명했다.

콩콩콩콩 쿵. 콩콩콩콩 쿵.

세상에…… 대체 이게 어떻게 된 거지?

나는 이제야말로 완벽한 무소음의 주거 공간을 찾았 다는 안도감도 잠시, 머릿속이 대혼란에 빠져들었다. 그럼 이 소리가 이 집에서 난 게 아니었단 말인가? 나 는 꼭대기 층으로 이사를 와서도 또다시 잠을 못 이루 고 이런 문제에 시달려야 한다고 생각하니 도저히 견 딜 수가 없어서 그 밤에 아파트 기술실로 달려갔다. 기 술실에는 마침 주차장 공사 문제로 숙직을 하고 있는 기사님들과 관리소장님까지 앉아서 야식으로 라면을 먹고 있었다. 나는 내 사정을 익히 알고 있는 그분들께 거듭된 사과와 더불어 통사정을 한 끝에 그 자정이 넘 은 시간에 사람들을 집으로 데려왔다. 소리가 나는 그 시간이 아니면 또 내 고통을 증명할 길이 사라지기 때문이었다.

이제는 1501호로 누구도 접근을 못 하는 상황이 아니었기 때문에, 나의 다급한 요청에 따라 세대에 보일러나 각종 기술적인 문제들이 생기면 해결해 주시는 기사님 두 분이 마치 사건 현장을 찾듯 그 야밤에 내 집으로 모두 달려와 주셨다. 그리고…… 나는 그제야 비로소 나를 잠 못 들게 했던 소리의 정체를 알았다.

*

알고 보니 2년 전 나를 잠 못 들게 했던 그 콩콩 소리는 바로 아파트 옥상에 있는 엘리베이터 모터에서 나는 소리였다. 그 모터는 하필 위층이 이사 오던 2년 전에 교체된 것인데, 교체 과정에서 문제가 생겨 엘리베이터가 오르내릴 때마다 쇠줄과 연결된 모터에서 딸칵 하는 큰 소리가 났고, 그게 우리 집까지 한 집 두 집세 집을 건너오는 동안 작아지고 뭉개져서 콩 하고 들렸던 것이다. 때로는 쿵 하고 조금 크게 소리가 나기도 하면서.

아니, 그럼 그게 엘리베이터 소리면 대체 낮에는 왜 안 들렸어요?

나는 허탈하고 기가 막혀서 물었으나 기사님들은 이미
다른 주민들로부터 여러 번 받은 질문인 듯 익숙하게
대답했다.

"내일 해 뜨면 한번 집 안의 창문을 전부 닫고 잘 들어
보세요. 정말로 안 들리나."

내가 사는 아파트는 10차선 도로가 늘어져 있는 사거리 앞 길가에 있다. 이른 아침이 되면 출근하는 차들로 도로가 가득 차고, 신호등 소리와 자동차 경적 소리, 그리고 건너편 아파트에서 개 짖는 소리, 배달 오토바이가 굉음을 내며 달리는 소리가 수시로 들려온다. 뿐만 아니다. 사람들이 깨어 있는 시간엔 아래층 어느 집에선가 돌리는 진공청소기 소리도 들리고, 오래돼서 삐걱거리는 미닫이문을 여닫는 소리도 들린다. 심지어 어떤 때는 위층에서 변기 물 내리는 소리가 들릴 때도 있고 또 어떤 때는 어느 집에서 나는 건지 모를 티브이 소리가 작게 들릴 때도 있다.

그러니 시끄러웠던 도로가 텅 비고, 모두가 잠들어 아무런 다른 소리가 나지 않는 밤이나 새벽이라야 그 작은 엘리베이터 모터 소리는 겨우 겨우 내가 사는 집에까지 들려왔던 것이었으니……. 마침내 소리의 비밀을 안 친구들은 내게 물었다.

아니, 이해가 안 가는 게 낮에 그 큰 신호등 소리, 자동차 경적 소리 같은 더 큰 소리들은 그동안 어떻게 참고 살았어? 그런 건 안 거슬렸어?

*

그랬다. 낮에는 밤과는 비교할 수 없을 만큼 더욱 크고 많은 소리가 난다. 그것도 다 사람이나 동물, 혹은 기계가 내는 작지 않은 소리들이다. 그런데 왜 나는 그 소리들로부터는 아무런 스트레스를 받지 않았을까. 나도 그 점이 이상해 곰곰이 생각해 본 결과, 내 결론은 이랬다. 모든 것은 행위가 아닌 이해의 문제라는 것. 아침 나절, 우체부 아저씨가 등기요, 하고 아파트 복도에서 아무리 크게 소리를 쳐도 나는 화가 나거나 거슬리지 않는다. 그 소리가 왜 나며, 나를 방해하거나 내게 해를 끼치려는 소리가 아님을 잘 알고 있기 때문이다. 어느 집이 집 안 수리를 할 때 큰 소리가 나니 양해 바란다고 미리 알려 오면, 아무리 큰 드릴 소리라도 모르고 듣는 것보다는 견딜 만한 것처럼 말이다.

하지만 밤이 되면 나를 미치게 했던 그 작은 소리는, 도대체 왜 어디에서 나는지. 왜 이런 조용해야 할 시간에 소리가 나는지 나는 알지 못했고 납득할 수 없었기 때문에 그토록 큰 스트레스를 받았던 것이다. 결국 모든 것은 행위의 문제가 아니라 이해의 문제였다는 것. 무슨 일이든 이유를 알고 당하는 것과 모르고 당하는 것에는 엄청난 차이가 있다는 것.

하여 그 소음의 정체를 알고 나서부터 나는 조금은 놀랍게도, 그 소리에 완전히 무감각해져 버리고 말았다. 그게 누가 나를 괴롭히려거나, 나를 잠재우지 않으려고 일부러 내는 것이라는 망상에서 벗어나는 순간, 다시 말해 소리의 정체를 알고 이해한 순간부터 소리는 내게 더는 어떤 해도 끼치지 못하게 된 것이다.

2년 전, 밤마다 나를 미치게 했던 소리는 그렇게 사라져 갔다. 아니, 여전히 존재하고 있지만 내게서 하찮아졌다고 할까. 단지 그것을 이해할 수 있었기 때문에.

*

이제, 진짜 마지막으로 나중에 알게 된, 나로서는 제법 놀라운 사실 한 가지만 털어놓고 이 모든 이야기를 마칠까 한다.

내 위층에 살면서 층간 소음 유발자로 오해되어 내 표

적이 되고 원망의 대상이 되고 그러다 냉면 때문에 동경과 구애와 추적의 대상이 되었던 그 사람은, 그러니까 밤에 어떤 소음도 내지 않았을 뿐만 아니라 즈므집 냉면을 팔던 식당의 주인도 아니었다. 단지 극심한 신경 쇠약을 앓고 있던 분이어서 그런 절절한 문구를 대문에 써 붙였을 뿐. 사람들이 말하던 식당 주인은 애초에 즈므집 냉면을 팔던 그곳과는 상관이 없는, 그저 우리 동의 다른 층 다른 호수에 사는 또 한 명의 식당 주인이었던 것이다. 하필 그분이 동대표였기에 사람들은 식당의 존재를 알았을 뿐.

결론은, 지난 2년간 겪은 내 삶에서 미스터리는 단 1도 없었다는 것. 그저 나의 오해와 세상에서 벌어진 여러 우연과 엇갈림들이 난무한 끝에 벌어진 믿기 어려운 해프닝일 뿐이었다는 것. 물론 내 삶에서 더 이상 미스터리가 존재하지 않게 된 것만으로도 나는 충분히 평화를 찾을 수 있었다. 다시 말하지만 모든 것은 누가 무엇을 하는가보다 그 일이 이해받을 수 있는가 없는가가 더 중요한 문제이기 때문에.

참, 내가 위층 1501호로 이사를 하던 당일. 매일 각자의 집에서 하루도 거르지 않고 영화를 함께 보던 사람

역시 이사를 했다. 그래서 그날은 서로가 피곤했기에 야구도 영화도 보지 못했다. 참 공교로운 일이었지만 아마 우연일 것이다. 우리가 사는 진짜 인생에서 미스터리란 없으니까. 그렇게 믿어야 삶이 평화로울 수 있으니까.

여기까지 읽었으면 여러분도 아마 눈치챘을 것이다. 내가 그녀를 위해 목숨 걸고 영화를 고르던 때는 엄연히 1401호에 살고 있었는데, 다시 말해서 꼭대기 층이 아니었는데 어째서 나를 찾아온 외계인은 내가 사는 집이 이 아파트의 꼭대기 층이라고 그렇게 우겼는지를.

처음에는 그 외계인도 당연히 가장 높은 층인 1501호엘 찾아갔다고 한다. 그러나 그도 나와 똑같이, 절대로 문을 두드리거나 메모를 붙이거나 소리를 내선 안 된다는 경고에 놀라 바로 아래층인 우리 집으로 황급히 내려왔던 것이었다.

서울 도봉구도 모자라 전 인류를 멸망시키겠다는 외계인조차 두려움에 떨 만큼 그 집 앞에 붙은 문구들은 섬뜩하고도 강경했다.

내가 윗집에서 나던 소음으로 고생하다 기어이 그 집으로 이사 가서, 마침내 소리의 정체를 알고 더는 신경을 쓰지 않게 된 그날. 외계인은 내 꿈에 마지막으로 나타나 저런 이야기를 해 주었다. 사실 그녀와 영화 보기에 익숙해지고 나서 외계인은 이미 꿈에 잘 나오지 않았었는데, 아마 이제는 더 이상 자기 도움 없이도 내가 그녀와 매일 행복하게 영화를 보고 있기 때문에 등장할 필요성을 느끼지 못해서 그랬는지도 모른다. 그는 정말 내 염원과 무의식의 산물이었을까?

*

그런 그가 지구를 떠나면서 내게 마지막으로 남겨 준 말이 있다.

봐라. 너는 내가 너를 '도와주는' 동안 너의 목숨이 위태로웠다고만 생각했지 네가 영화를 보는 그 순간의 행복에 대해서는 한 번도 감사해 본 적이 없지 않냐고.

그건 보살님이 내게 해 준 말과 똑같았다.

너는 어째서 항상 네 바로 앞에 있는 행운과 행복은 보지 못하고 엉뚱한 곳만 찾아 헤매느냐던 그 말 말이다.

그러고 보니 위층 사람을 그렇게 집요하게 찾아다닌 것, 또 엉뚱한 식당에 찾아가 그 해프닝을 벌인 것 모두 내 무의식의 발로가 아니었나 한다. 행복은 항상 먼데 있는 것이라 생각하고 늘 그 보이지도 잡히지도 않는 것을 찾아 먼 거리를 헤매는…… 나라는 미련한 사람의 고생담이라고나 할까.

*

나는 오늘도 영화를 본다. 이렇게 매일 영화를 본 적은 나로서도 처음인데, 어쨌든 벌써 몇 년째 매일 영화를 보고 있다. 이 세상에서 영화라는 매체가 사라지지 않는 한 우리의 시간도 영원할까? 글쎄, 하지만 꿈을 너무 크게 가지면 정작 나 자신이 소외될 수도 있다는 사실을 지금까지 너무 모르고 살았다. 그래서 난 이제 외계인이 준 교훈대로, 아니 이 모든 이야기가 내게 가르쳐 준 대로 그 모든 시간에 감사할 줄 아는 사람이 되었다. 우리가 지나온 시간 동안 내가 믿어야 했던 것은, 반드시 찾아올 '끝'이 아니라 그 모든 지금, 바로 이 '순간'들이었다는 것도.

마지막으로 이 책이 세상에 존재하게끔 애써 주신 을유문화사의 김경민 편집장님과 정상준 대표님. 그리고 원고를 미리 읽어 주시고 여러 좋은 말씀을 들려주신 사내 많은 선생님들. 책을 멋지게 디자인해 주신 이기준 님. 그리고 2022년을 떠나보내는 마지막 순간에 함께해 주었던 장지희 님. 또 정유선 대표님과 전고운 감독님. 그리고 지금 이 책을 사서 읽어 주고 계신 모든 분께 머리 숙여 감사드린다. 그리고 제안해 본다.

부디 어제도 내일도 아닌 지금 이 순간을 온전히 누리며 오늘도 잘 살아 보자고.

2023년 2월 이석원 씀.